BOM DIA, CAMARADAS

OBRAS DO AUTOR

POESIA

Actu sanguíneu (2000)
Há prendisajens com o xão (2002)
Materiais para a confecção de um espanador de tristezas (2009)
Dentro de mim faz Sul seguido de acto sanguíneo (2010)

CONTOS

Momentos de aqui (2001)
E se amanhã o medo (2005)

ANOS 80

Bom dia, camaradas (2001)
Os da minha rua (2007)
AvóDezanove e o segredo do soviético (2008)

INFANTIL/ JUVENIL

Ynari: A menina das cinco tranças (2004)
O leão e o coelho saltitão (2008)
O voo do Golfinho (2009)
Ombela, a origem das chuvas (2011)

ROMANCES/ NOVELA

O assobiador (2002)
Quantas madrugadas tem a noite (2004)
Os transparentes (2012)
A bicicleta que tinha bigodes: Estórias sem luz elétrica (2011)
Uma escuridão bonita (2012)

TEATRO

Os vivos, o morto e o peixe-frito (2009)

ONDJAKI

Bom dia, camaradas
Romance

9ª reimpressão

COMPANHIA DAS LETRAS

Copyright © 2014 by Ondjaki

A editora manteve a grafia vigente em Angola, observando as regras do Acordo Ortográfico da Língua Portuguesa de 1990.

Capa
Alceu Chiesorin Nunes

Revisão
Ana Maria Barbosa
Carmen T. S. Costa

Dados Internacionais de Catalogação na Publicação (CIP)
(Câmara Brasileira do Livro, SP, Brasil)

>Ondjaki
>   Bom dia, camaradas : Romance / Ondjaki. — 1ª ed. — São Paulo : Companhia das Letras, 2014.
>
>   ISBN 978-85-359-2376-6
>
>   1. Romance angolano (Português) I. Título.

13-12991	CDD-869.3

Índice para catálogo sistemático:
1. Romances : Literatura angolana em português   869.3

Todos os direitos desta edição reservados à
EDITORA SCHWARCZ S.A.
Rua Bandeira Paulista, 702, cj. 32
04532-002 — São Paulo — SP
Telefone: (11) 3707-3500
www.companhiadasletras.com.br
www.blogdacompanhia.com.br
facebook.com/companhiadasletras
instagram.com/companhiadasletras
twitter.com/cialetras

ao camarada antónio
a todos os camaradas cubanos

também para esses meus incríveis companheiros
escolares: bruno b., romina, petra, romena, catarina, aina, luaia, kalí,
filomeno, cláudio, afrik, kiesse, helder, bruno "viola", murtala,
iko, tandu, fernando, márcia, carla "scooby", enoch, mobutu, felizberto,
eliezer, guiguí, filipe, manú, vanuza, hélio, delé, "sérgio cabeleira",
e todos os outros que estão incluídos nestas vivências mas
cujos nomes o tempo me roubou [e os nomes verdadeiros que deixei
nesta estória são para vos homenagear, só isso]

ainda: ao jacques, pela oportunidade de me
fazer rebuscar todo este sonho
à maría "che", que pôs o espanhol na boca dos
camaradas professores cubanos
ao rykard, que "ayudou"
à dada, seu mimo, sua peculiar revisão

E tu, Angola:

Sob o úmido véu de raivas, queixas e humilhações, adivinho-te que sobes, vapor róseo, expulsando a treva noturna.

Carlos Drummond de Andrade

I

Mas, camarada António, tu não preferes que o país seja assim livre?, eu gostava de fazer essa pergunta quando entrava na cozinha. Abria a geleira, tirava a garrafa de água. Antes de chegar aos copos, já o camarada António me passava um. As mãos dele deixavam no vidro umas dedadas de gordura, mas eu não tinha coragem para recusar aquele gesto. Servia-me, bebia um golo, dois, e ficava à espera da resposta dele.

O camarada António respirava primeiro. Fechava a torneira depois. Limpava as mãos, mexia no fogo do fogão. Então, dizia:

— *Menino, no tempo do branco isto não era assim...*

Depois, sorria. Eu mesmo queria era entender aquele sorriso. Tinha ouvido histórias incríveis de maus-tratos, de más condições de vida, pagamentos injustos, e tudo mais. Mas o camarada António gostava dessa frase dele a favor dos portugueses, e sorria assim tipo mistério.

— *António, tu trabalhavas para um português?*
— *Sim...* — sorria. — *Era um senhor diretor, bom chefe, me tratava bem mesmo...*
— *Mas isso lá no Bié?*
— *Não. Já aqui em Luanda mesmo; eu já tou aqui há muito tempo, menino... inda o menino não era nascido...*

Eu esperava sentado por mais palavras. O camarada António fazia lá as atividades da cozinha, sorria, mas ficava calado. Todos dias ele tinha o mesmo cheiro, mesmo quando tomava banho, parecia sempre ter aqueles cheiros da cozinha. Ele pegava na garrafa de água, enchia com água fervida, voltava a pôr na geleira.

— *Mas, António, ainda quero mais água...*
— *Não, menino, já chega* — ele dizia. — *Senão depois no almoço não tem água gelada e a mãe fica chateada...*

Quando arrumava a garrafa de água, e limpava a bancada, o camarada António queria continuar com as tarefas dele sem mim ali. Eu atrapalhava a livre circulação pela cozinha, além de que aquele espaço pertencia só a ele. Gostava pouco de ter gente ali.

— *Mas, António... Tu não achas que cada um deve mandar no seu país? Os portugueses tavam aqui a fazer o quê?*
— *Ê!, menino, mas naquele tempo a cidade estava mesmo limpa... tinha tudo, não faltava nada...*
— *Ó António, não vês que não tinha tudo? As pessoas não ganhavam um salário justo, quem fosse negro não podia ser diretor, por exemplo...*
— *Mas tinha sempre pão na loja, menino, os machimbombos funcionavam...* — ele só sorrindo.
— *Mas ninguém era livre, António... não vês isso?*

— *Ninguém era livre como assim? Era livre sim, podia andar na rua e tudo...*

— *Não é isso, António* — eu levantava-me do banco. — *Não eram angolanos que mandavam no país, eram portugueses... E isso não pode ser...*

O camarada António aí ria só.

Sorria com as palavras, e vendo-me assim entusiasmado dizia *esse menino!*, então abria a porta que dava para o quintal, procurava com os olhos o camarada João, o motorista, e lhe dizia: *esse menino é terrível!*, e o camarada João sorria sentado na sombra da mangueira.

O camarada João era motorista do ministério. Como o meu pai trabalhava no ministério ele ajudava nas voltas da casa. Às vezes eu aproveitava a boleia e ia com ele para a escola. Era magro e bebia muito, então de vez em quando aparecia de manhã muito cedo lá em casa já bêbado, e ninguém queria andar no carro com ele. O camarada António dizia que ele já estava habituado, mas eu tinha receio. Um dia ele deu-me boleia para a escola, e fomos a conversar.

— *Ó João, tu gostavas quando os portugueses estavam cá?*

— *É o quê, menino?*

— *Sim, antes da independência, eles é que mandavam cá. Tu gostavas desse tempo?*

— *As pessoas dizem que o país estava diferente... não sei...*

— *Claro que estava diferente, João, mas hoje também está diferente. O camarada presidente é angolano, os angolanos é que tomam conta do país, não são os portugueses...*

— *É isso, menino...* — o João gostava de rir também, depois assobiava.

— *Tu trabalhavas com portugueses, João?*

— *Sim, mas eu era muito novo... E estive no maquí também...*
— *O camarada António é que gosta de falar muito bem dos portugueses...* — provoquei.
— *Camarada António é mais velho* — disse o João, e eu não percebi muito bem aquilo.

Ao passarmos por uns prédios muito feios, eu fiz adeus a uma camarada professora. O João perguntou logo quem era, e eu respondi: *é a professora María, ali é o bairro dos professores cubanos.*

Ele me deixou na escola. Os meus colegas estavam todos a rir porque eu tinha chegado de boleia. Nós costumamos gozar sempre quem chega de boleia, por isso eu sabia já que eles iam me estigar. Mas até não estavam a rir só disso.

— *É o quê?* — perguntei. O Murtala estava a contar uma cena que tinha-se passado na tarde anterior, com a professora María. — *A professora María, mulher do camarada professor Ángel?*

— *Sim, essa mesmo...* — o Helder disse a rir. — *Então ela hoje de manhã, lá na sala, tavam a fazer muito barulho então ela quis dar falta vermelha no Célio e no Cláudio... yá... eles levantaram-se já pra ir refilar e a professora disse...* — o Helder já não podia mais de tanto rir, ele tava todo vermelho — *a professora disse: ustedes queden-se aiá, ou aí ou quê!*

— *Sim, e depois?* — eu também já a rir só de contágio.
— *E eles se atiraram no chão mesmo...*

Rebentámos todos a rir. Eu e o Bruno também gostávamos de brincar com os professores cubanos, como eles às vezes não percebiam bem o português, nós aproveitávamos para falar rápido e dizíamos disparates.

— *Mas ainda não sabes da melhor...* — o Murtala chegou perto de mim.

— *O quê então?*

— *Ela tava a chorar e bazou pra casa!!!* — o Murtala também estava a rir à toa. — *Deu borla só por causa disso!*

Nós tínhamos aula de Matemática, era com o professor Ángel. Quando ele entrou, estava chateado ou triste. Eu dei o toque no Murtala, mas não podíamos rir. Antes de começar a aula, o camarada professor disse que a mulher dele estava muito triste porque os alunos tinham sido indisciplinados, e que num país em reconstrução era preciso muita disciplina. Ele também falou do camarada Che Guevara, falou da disciplina e que nós tínhamos que nos portar bem para que as coisas funcionassem bem no nosso país. A sorte foi que ninguém queixou o Célio e o Cláudio, senão com isso da revolução eles tinham mesmo apanhado falta vermelha.

No intervalo a Petra foi dizer ao Cláudio que eles tinham de pedir desculpa na camarada professora, porque ela era muito boa, era cubana e estava em Angola para nos ajudar. Mas o Cláudio não gostou nada de ouvir a Petra, e disse-lhe que só tinha cumprido a ordem dela, que ela tinha dito para eles "se quedarem" e então eles atiraram-se para o chão.

Todos gostávamos do professor Ángel. Ele era muito simples, muito engraçado. No primeiro dia de aulas ele viu o Cláudio com um relógio no pulso e perguntou se o relógio era dele. O Cláudio riu e disse que sim. O camarada professor disse *mira, yo trabajo desde hace muchos años y todavía no tengo uno*, e nós ficámos muito admirados porque quase todos na turma tinham relógio. A professora de Física também ficou muito admirada quando viu tantas máquinas de calcular na sala de aula.

Mas não era só do professor Ángel e da professora María. Nós gostávamos de todos os professores cubanos, também porque com eles as aulas começaram a ser diferentes. Os professores escolhiam dois monitores por disciplina, o que primeiro gostámos porque era assim uma espécie de segundo cargo (por causa do delegado de turma), mas depois não gostámos muito porque para ser monitor *había que ayudar a los compañeros menos capacitados* — como diziam os camaradas professores, e tinha que se saber tudo sobre essa disciplina e não se podia tirar menos que 18. Mas o mais chato de tudo era que tinha mesmo que se fazer os trabalhos de casa porque era o monitor que controlava isso no início da aula. Claro que ir dizer ao professor quem tinha feito a tarefa e quem não tinha feito, às vezes dava luta no intervalo, o Paulo que o diga quando lhe levaram no hospital com o nariz a sangrar.

No fim da tarde a camarada diretora veio falar connosco. Nós gostávamos quando entrava alguém na sala de aulas pois tínhamos que nos pôr de sentido e fazer aquela cantoriazinha, que uns e outros aproveitavam já para berrar: *bua taaardeeeee... camarádaaaaa... diretoraaaaaaa*.

Então ela veio avisar que íamos ter uma visita-surpresa do camarada inspetor do Ministério da Educação. Que ela sabia que ia ser por um destes dias mas que tínhamos que nos portar bem, limpar a escola, a sala, as carteiras, vir "apresentáveis" (acho que foi isso que ela disse), e que o resto os professores depois explicavam.

Ninguém disse nada, nem ninguém perguntou nada. Claro que só nos levantámos quando a camarada diretora disse *então até amanhã*, e este *até amanhã* não era tão ao calhas como isso, porque seria diferente ela dizer *até para a semana*, então lá nos levantámos e dissemos bem alto: *atéééééééeé... manhãããããã... camarádaaaaaaaa diretoraaaaaaaaa!*

então também percebi que, num país, uma coisa é o governo, outra coisa é o povo.

Se, quando me acordavam, eu me lembrasse do prazer do matabicho assim de manhãzinha, eu acordava bem-disposto. Matabichar cedo em Luanda, cuia! Há assim um fresquinho quase frio que dá vontade de beber leite com café e ficar à espera do cheiro da manhã. Às vezes mesmo com os meus pais na mesa, nós fazíamos um silêncio. Se calhar estávamos mesmo a cheirar a manhã, não sei, não sei.

O camarada António tinha chaves de casa, mas às vezes eu estava na varanda e via-lhe ali sentado na zona verde. A minha mãe já tinha lhe dito para ele não vir tão cedo, mas parece que os mais velhos têm pouco sono às vezes. Então ele ficava ali nos bancos, só assim sentado. Quando ouvisse movimentos aqui em casa, ele aparecia devagar.

— *Bom dia, menino.*

— *Bom dia, camarada António...* — eu esperava que ele fechasse o portão. — *Hoje também estavas aí muito cedo, António...*

— É... eu fico mesmo aí sentado, menino... — sorrindo, ele.
— A senhora já acordou?

O camarada António fazia aquela pergunta, mas eu não sei porquê. Ele sabia que a minha mãe era sempre a primeira a acordar. Se calhar não era para eu responder, mas eu só ia perceber isso muito mais tarde.

— *Hoje vieste de candongueiro, António?*
— *Não, menino, vim a pé mesmo; esta hora está fresco...*
— *Desde o Golf até aqui, António?* — eu, em espanto.
— *Vinte minuto, menino... Vinte minuto...*

Mas não era verdade. O camarada António gostava de dizer *vinte minuto* pra tudo. A água já estava a ferver há vinte minuto, a mãe tinha saído há vinte minuto e faltava sempre vinte minuto para o almoço estar pronto.

Fiquei na varanda. No jardim havia umas lesmas que deviam ser mais velhas porque sempre acordavam cedo. Eram muitas. Depois do matabicho, ficar assim na varanda com aquele fresquinho, ver as lesmas irem não sei aonde, aquilo dava-me sono outra vez. Adormeci mesmo.

Sempre era o sol que me acordava. Era muito impossível na minha varanda descobrir o sítio para onde ele ia a seguir. A perna estava quente e dormente, eu tinha uma comichão muito chata. Cocei. Depois ouvi a voz do António, vinda lá da cozinha.

— *Tava a chamar, camarada António?* — cheguei à cozinha.
— *Telefonou a tia do menino, menino...*
— *Qual tia, António?*
— *A tia de Portugal.*
— *Ó António, poças... e nem me acordaste... Eu queria falar com ela.*

— *Ela queria falar com o pai, menino...* — sorrindo.
— Então..., queria falar com o pai mas falava comigo... E ela disse o quê?
— *Não disse, menino... Falou só era pra dizer no pai que ela tinha ligado, parece vai ligar mais, hora do almoço...*
— Mas telefonou a que horas, António, eu não ouvi o telefone...
— *Nem faz vinte minuto, menino...*

O cheiro da cozinha, o apito da panela, a movimentação do camarada António, tudo me dizia que deviam ser onze horas. Ainda não tinha feito as tarefas de Matemática e Química, e devíamos almoçar ao meio-dia e meia. Decidi que já não ia tomar banho, até porque havia Educação Física à tarde, assim o banho ficava já para a noitinha.

Subi, fui "fazer os deveres", como dizíamos antigamente. A minha mãe tinha-me ensinado que primeiro estuda--se a matéria e depois é que se faz a tarefa, mas quando eu não tinha tempo ia ver a matéria e resolvia isso logo. O Cláudio, o Bruno e principalmente o Murtala sempre faziam assim os deveres, e diziam que funcionava. Já a Petra todos os dias estudava, metia raiva aquela miúda, no dia seguinte já sabia a matéria toda, nós quando tínhamos uma dúvida durante uma prova sempre lhe perguntávamos.

A minha mãe chegou. Primeiro vai à cozinha ver se o almoço está bem encaminhado, depois é que vai pendurar as chaves no chaveiro, vai subir, perguntar-me se tenho os deveres feitos e vai tomar banho. Só se eu estiver enganado, mas costuma ser assim.

— *Tu é que falaste com a tia Dada?* — deu-me um beijinho, foi para a casa de banho, abriu a torneira. (Eu sabia!)
— *Não, eu tava a fazer os deveres... Foi o camarada António.*

— Mas o António disse que tu estavas na varanda.
— Sim, estava na varanda a fazer os deveres.
— Mas já vos disse que quando o telefone toca, vocês atendem, não fazem o camarada António vir da cozinha para atender o telefone... — era outro tom de voz.
— Mas ele veio tão rápido, mãe, que eu nem tive tempo... — ela entrou no banho. O barulho da água interrompeu a conversa. Ainda bem.

O telefone tocou. Fui a correr, estava convencido que era a tia Dada. Eu não lhe conhecia, mas já tinha falado com ela muitas vezes ao telefone, então era muito engraçado, porque eu só conhecia a voz dela. Uma vez ela pôs-me a falar com o filho dela, e passámos a tarde toda a rir, eu e as minhas irmãs, por causa da maneira como ele falava. Eu quase nem conseguia responder, estive quase pra me atirar no chão de tanto rir, até a minha mãe teve que dizer que eu estava com cólicas na casa de banho. A minha tia dava menos vontade de rir, porque ela falava muito devagar, tinha assim, como dizem os mais velhos — e o Cláudio não me pode ouvir a dizer isto —, ela tinha uma "voz doce".

Mas não era ela ao telefone. Era a Paula da Rádio Nacional, queria falar com a minha mãe. Eu disse que ela estava no banho, mas ela quis esperar. A Paula também era outra pessoa que tinha uma voz doce, eu gostava muito de ouvir a voz dela na Rádio, mas assustei-me na primeira vez que lhe vi, porque pensei que uma pessoa com a voz dela tinha que ser baixinha, e ela era alta. Quando ouvi a minha mãe dizer *sim, vou perguntar se ele quer...*, desconfiei que era qualquer coisa relacionada comigo.

— Olha, a Paula vai fazer amanhã um programa sobre o 1º de Maio e queria recolher depoimentos de pioneiros... Tu queres ir?
— "Depoimentos" é ir lá falar, né? — eu, embora já soubesse.
— Sim, preparas qualquer coisa e amanhã ela vem te buscar para irem fazer uma gravação.
— Mas é para um programa?
— Mais ou menos, acho que é para passar no noticiário, é uma mensagem das crianças para os trabalhadores.
— Então vou ter que fazer uma redação, mãe? Ai, isso já dá muito trabalho...
— Não, não tens que fazer uma redação porque não te vão deixar ler a redação, são só algumas palavras...
— Tu podes me ajudar?
— Com o texto não, filho... Tu escreves o que quiseres, eu posso é corrigir-te os erros, mas o texto tem que ser teu.
— Tá bem. Quero ir conhecer a Rádio. Se calhar ela deixa-me ver os instrumentos todos...
— Sim, talvez, tens que lhe pedir.

Assim já era hora do almoço. As minhas irmãs chegavam da escola, o meu pai também chegava. A casa ficava mais barulhenta, mais o barulho do rádio na sala para ouvir as notícias, mais o rádio do camarada António ligado na cozinha, mais a minha irmã caçula que queria contar tudo o que se tinha passado na escola nessa manhã. Ela sabia que tinha que se despachar porque quando fosse uma hora em ponto ia ter que parar o relato para deixar os pais ouvirem as notícias.

Nós ficávamos um bocado aborrecidos com as notícias,

porque era sempre a mesma coisa: primeiro eram as notícias da guerra, que não eram diferentes quase nunca, só se tivesse havido alguma batalha mais importante, ou a UNITA tivesse partido uns postes. Aí já dava risa, porque todo mundo ia dizer na mesa que o Savimbi era o "Robin dos Postes". Depois tinha sempre algum ministro ou pessoa do birô político a dizer mais umas coisas. Depois vinha o intervalo com a propaganda das FAPLA. Ah, é verdade, às vezes também falavam da situação na África do Sul, lá do ANC, enfim, isso eram nomes que uma pessoa ia apanhando ao longo dos anos. Também se aprendia muita coisa, porque a propósito disso, por exemplo, do ANC, é que o meu pai nos explicou quem era o camarada Nelson Mandela, e eu fiquei a saber que havia um país chamado África do Sul onde as pessoas negras tinham que ir para casa quando tocava a campainha às seis da tarde, que elas não podiam andar no machimbombo com outras pessoas que não fossem negras também, e até fiquei bem espantado quando o meu pai me disse que esse camarada Mandela já estava preso há não sei quantos anos. Foi também assim que percebi porquê que os sul-africanos eram nossos inimigos, e que o facto de nós lutarmos contra os sul-africanos significava que nós estávamos a lutar contra "alguns" sul-africanos, porque de certeza que essas pessoas negras que tinham um machimbombo especial para elas não eram nossas inimigas. Então também percebi que, num país, uma coisa é o governo, outra coisa é o povo.

Depois destas notícias, e destas conversas, vinha o desporto. Mas também era sempre o Petro ou o D'Agosto que ganhava, bem, a Taag depois ainda melhorou uns coche, até deu onze a um noutra equipa, coitados!, o Cláudio estigou mal o Murtala no dia seguinte, acho que o Murtala até chorou. À uma e vinte, quando os meus pais tomavam café, desligaram o rádio. O telefone tocou e agora eu tinha a certeza que era a tia Dada.

O meu pai é que falou com ela primeiro, estava a apontar o voo e as horas, assim eu soube que ela devia estar para chegar. Depois ela começou a falar com cada um, primeiro a minha mãe, depois a minha irmã, e eu percebi que ela estava a perguntar se queríamos qualquer coisa. O meu pai fez-me sinal para eu não pedir muita coisa, porque eu sempre pedia demasiados lápis de cor, ou blocos de carta, e ainda por cima bué de chocolate. Assim tive mais tempo para pensar, e vi que cada um só estava a pedir uma coisa.

— *Estás bom, meu querido...* — a voz dela, doce, doce.
— *Tou sim, tia... Olha, quando é que tu chegas?*
— *Eu chego amanhã, sabias?*
— *Não, não sabia, que bom... Então queres me perguntar o quê que eu quero, não é?*
— *Sim, filho, diz lá...* — ela sorrindo muito.
— *Bem, como só posso pedir uma coisa...* — virei-me para o outro lado, e ninguém ouviu o que eu tinha pedido.

Depois do almoço, "os felizardos" — como dizia a minha mãe — iam dormir a sesta. Eu e ela tínhamos aulas à tarde, ela porque era professora e eu porque era aluno. Às vezes ela dava-me boleia. Eu ia à frente, punha o carro em ponto morto e ligava a ignição. Como não podia fazer mais nada, ficava só ali a imaginar já quando eu ia conduzir, ché!, eu ia zunir bué, sempre isso eu pensava, então acelerava um bocadinho, para ouvir o barulho e ajudar na imaginação. Se a minha mãe ouvisse eu dizia: *é que o carro está frio...*, desculpa mesmo à toa, porque às duas da tarde em Luanda o carro só está frio se tiver gelo em cima. *Chega-te para lá...*, disse a minha mãe enquanto ocupava o lugar do condutor. Depois, a meio do caminho:

— *Mãe...*
— *Diz.*
— *A tia Dada vai trazer prendas para todos?* — espanto.
— *Se ela puder, traz...*
— *Mas eles são quantos lá em casa dela?*
— *Ela e os três filhos. Porquê?*
— *E como é que ela vai trazer prendas para nós que somos cinco, e ainda perguntou também coisas para o camarada António... O cartão dela tem direito a isso tudo?*

Mas já estávamos a chegar à esquina onde eu descia, e ela não teve tempo de responder. Deu-me só um beijinho e disse-me para eu pensar naquilo do 1º de Maio para a Rádio, porque era para o dia seguinte.

Estava muito calor. Alguns colegas cheiravam muito a catinga, o que é normal para quem tenha vindo a pé para a escola. Ficávamos ali a conversar fora da sala, sempre com a esperança de que o professor não viesse. Era incrível, como é que nós queríamos sempre acreditar que era possível haver uma borla todos dias, porque se dependesse de nós, era isso que desejávamos. Como dizia a professora Sara, *parece que vocês não sabem que a vossa missão é estudar*, talvez daí aquela dica da caneta ser a arma do pioneiro. Ou então ela dizia *não se esqueçam que a escola é a vossa segunda casa*, mas isso era perigoso dizer ao Murtala, porque depois ele estava tão à vontade que adormecia na sala de aulas com a desculpa de estar no quarto dele.

A conversa estava boa. O Bruno veio dizer, com aquela cara que só ele sabe fazer e toda a gente acredita mesmo, que havia um grupo de gregos que estava a assaltar escolas. Eu já tinha ouvido dizer qualquer coisa, mas pensava que era naquelas escolas mais distantes, lá para o Golf. Mas o Bruno tipo que estava bem informado mesmo:

— *Epá, o filho da minha empregada é que me contou. Ontem ele nem foi às aulas, veio com a mãe dele para a minha casa, e tinha bué de feridas...*

— *Ê, afinale?* — um alguém.

— *Yá, aquilo foi mesmo a sério, tipo que eles são quarenta ou quê...*

— *Quarenta?!* — o Cláudio estava a achar exagero. Mesmo os Zúa quando assaltavam não eram tantos.

— *Zúa? Zúa?!* — continuava o Bruno, aquela cara séria só de-vez-em-quando. — *Zúa é brincadeira ao pé do Caixão Vazio... Olha, eles vêm num camião, todos vestidos de preto; cercam a escola e ficam mesmo à espera que os alunos saiam... Depois vão apanhando assim mesmo as pessoas a correr... quem for apanhado...*

— *Hum... Acontece o quê?* — Murtala, assustado, aqueles olhos de rato já bem acesos.

— *Acontece o quêeeee.... Ali sai tudo: gamam mochilas, te chinam, violam miúdas e tudo, são bué eles, e nem a polícia vai lá, ché, também tem medo....*

Quando a aula começou, os rapazes estavam todos a pensar no Caixão Vazio. Cada um imaginava já estratégias de fuga, o Cláudio de certeza ia começar a trazer o canivete dele pontimola, o Murtala que corria muito é que estava safo, eu ia ficar atrapalhado se no meio da correria os óculos caíssem, o Bruno também; bem, as meninas, coitadas!, coitada da Romina que só de ouvir falar na estória já ia começar a chorar e ia pedir à mãe dela para não vir na escola durante uma semana; a Petra também ia ter medo, mas estaria sempre mais preocupada com as aulas. Olhei para o Bruno: na carteira dele, muito agitado, ele suava na preparação de qualquer coisa. Primeiro pensei que ele estivesse a desenhar, mas depois senti o cheiro da cola. Antes do fim da aula, pediu à Petra as canetas de feltro. Metia medo: tinha feito um caixão pintado de preto, com uma caveira bem horrorosa, e escrito a vermelho assim tipo sangue: *Caixão Vazio Passou Aqui!*

No segundo tempo a professora Sara explicou que o camarada inspetor ia fazer a visita-surpresa nos próximos dias, que eles não sabiam quando mas que estava quase a acontecer. Explicou-nos tudo outra vez, como devíamos cumprimentar, que não devíamos fazer barulho, pediu até para virmos penteados, claro que isso era mais para o Gerson e o Bruno que nunca se penteavam (o Bruno disse-me que tinha-se penteado pela última vez quando tinha sete anos, mas acho que era balda), e raramente tomavam banho, isso devia ser verdade porque se notava pelo cheiro, tanto que ninguém gostava de sentar com eles.

A professora Sara depois ralhou a Petra por estar a fazer "perguntas indiscretas". É que a Petra queria perguntar, e perguntou mesmo, como é que a visita do camarada inspetor ia ser surpresa se nós já sabíamos que ele vinha, apesar de não sabermos o dia, e também já sabíamos os temas que iam nos perguntar e que estava tudo preparado para essa surpresa.

Enfim, a Petra de vez em quando tinha destas coisas, e depois ainda ficava triste porque ninguém lhe apoiava e a professora tinha lhe ralhado. Bem-feita, que é pra não se armar em chica esperta e ver se fica um bocadinho menos agitadora.

> *— Mas eu faço as compras que quiser desde que tenha dinheiro, ninguém me diz que levei peixe a mais ou a menos...*
> *— Ninguém?* [...] *Nem tem um camarada na peixaria que carimba os cartões quando levantas peixe à quarta-feira?*

Acordei cedo e muito bem-disposto. Tinha duas coisas maravilhosas para fazer nesse dia: uma é que ia ao aeroporto buscar a tia Dada, a outra é que ia à Rádio Nacional ler a minha mensagem para os trabalhadores. Pensei que seria bom aproveitar umas coisas da redação que eu tinha feito sobre a aliança operário-camponesa, que tinha tido cinco valores na prova de Língua Portuguesa.

Fui abrir a porta ao camarada António, e claro que ele disse que tinha chaves e que não era preciso. Mas quando eu fazia isso, não sei como é que ele não percebia, é porque eu tinha alguma coisa para lhe dizer.

— *Bom dia, camarada António* — abri o portão pequeno.

— *Bom dia, menino* — metendo a mão no bolso, a ver se era mais rápido e se ainda ia conseguir abrir a porta com a chave dele. — *Não é preciso, menino, eu tenho chave...*

— *Sabes onde é que eu vou hoje, António?* — pensava que ele não sabia.
— *Então, o menino vai no aeroporto buscar a tia.*
— *E depois vou mais aonde?*
— *Vem pra casa, menino...*
— *Não, não! Vou à Rádio Nacional!*
— *Ê!, o menino vai falar na Rádio?* — ele sorrindo, e fechando o portão com a sua chave.
— *Ainda não sei... Vou eu e mais dois miúdos de outras escolas, não sei se depois passam todas as mensagens.*

Fomos para a cozinha. *Já matabichou, menino?*, mas eu queria era ainda falar daqueles assuntos da Rádio, já estava a imaginar o camarada locutor anunciar o meu nome, e os meus colegas também se calhar iam ouvir, e se os meus professores cubanos ouvissem?, será que isso também dá para misturar com a revolução? Eu dava voltas à cabeça, estava feliz, também porque era dia de receber prendas, e finalmente ia conhecer a minha tia da voz doce, só esperava que ela não fosse muito alta. *Come devagar, menino, isso faz mal*, mas comer devagar como, se a Paula podia chegar a qualquer momento e eu tinha que estar pronto para ir à Rádio Nacional de Angola!

Fiquei de boca. Para já, na entrada, um camarada pediu o meu nome e apontou lá numa folha e deu um cartão que eu tinha que pendurar na camisa, tipo eu era já o camarada diretor da Rádio, gostei muito daquele estilo do cartão, ché, só o poster!, tava a matar. Na entrada havia uma fonte de água, e até tinha duas tartarugas vivas ali a passearem, eu até perguntei à Paula como é que elas ficavam ali assim, abandonadas, sem ninguém a tomar conta.

— *Sem ninguém a tomar conta? Como assim?* — ela não tinha percebido.

— *Sim, ninguém gama essas tartarugas?*

A Paula riu, mas riu porque não conhecia o Murtala, que tinha uma técnica silenciosa de gamar mambos, mesmo que fossem animais. Uma vez quando fomos ao jardim zoológico o Cláudio apostou que ele não ia conseguir gamar nada do jardim, e quando o Murtala viu aqueles macaquinhos bem píquis, quis já agarrar um. O macaco lhe esticou uma lambisgoia do lábio que até saiu sangue. O Cláudio começou a rir bué, mas quando voltámos para a escola descobrimos que aquilo era só uma manobra do Murtala, o muadiê queria mesmo era gamar o pitéu do macaco, e começou a nos rir no machimbombo quando nós távamos bem fobados e ele tava a pitar aquelas amêndoas bem duras. Coitado do Murtala, no dia seguinte nós é que lhe rimos, ele tava com uma diarrumba daquelas que o Bruno chama de *diarrumba de cinco em cinco*, depois percebemos que eram minutos.

Mas a Paula disse que tínhamos que ir andando, passámos por um corredor bem limpo, até fiquei burro, poça, afinal Luanda tem sítios assim tão bonitos? É isso mesmo, a Rádio Nacional é bonita, eu estava encantado, tinha pequenos jardins lá dentro, eu até queria pedir à Paula para ir ali brincar depois das gravações, enquanto esperava pelos meus pais. O estúdio era pequeno e tinha um mambo na parede parecia rolha da garrafa de vinho, bué giro. Tivemos muita sorte, eu e os outros dois pioneiros, porque eles nos explicaram tudo, como é que funcionavam as coisas, até nos deixaram fazer gravações de brincadeira primeiro, depois a luz faltou e estivemos muito tempo à espera que o gerador arrancasse. Para nos distrair a Paula fez uma brincadeira, que eu acho um bocado perigosa: disse que se quiséssemos podíamos dizer disparates durante cinco minutos. Primeiro todo mundo ficou calado, depois ela disse que era verdade mesmo, que podíamos dizer, depois eu perguntei se ela ia dizer aos nossos pais, e ela jurou que não. Mas claro que os mais velhos nunca sabem bem aquilo que nós sabemos e quando nós começámos a metralhar a brincadeira só durou um minuto, porque foram trinta segundos de rajada tripla e outros trinta para ela nos conseguir calar. Eu pensei que estava bem treinado, consegui em vinte e dois segundos dizer todos os disparates que conhecia, mesmo os piores de todos, e aproveitei os outros oito segundos para fazer misturas e combinações daqueles que eu sabia com os que tinha acabado de ouvir, mas aqueles miúdos também eram poderosos, pra dizer a verdade.

A luz voltou mais rápido que o tempo de arrancar o gerador. Então fomos à pressa gravar as mensagens antes que a luz fosse de novo. Quando eu ia tirar o meu papel com as coisas que tinha escrito, a Paula explicou-me que não era necessário porque já tínhamos ali uma *folha da redação com os textos de cada um*. Até foi mais fácil, porque aquilo já vinha batido à máquina e tudo.

Quando a gravação acabou, fomos lá para o pátio. Estivemos durante algum tempo a fazer troca de disparates e de estigas. Aqueles miúdos não me aguentavam nas anedotas, mas tinham estigas que podiam fazer uma pessoa chorar. Ao contrário das estigas da minha escola, aquelas eram muito curtas, muito simples, mas muito fortes. Foi com eles que aprendi aquelas: *engoliste cócega, arrotaste gargalhada, quem*

acorda primeiro na tua casa é que põe cueca, bebeste água de bateria começaste a dar arranque ou a tão famosa *deste duas voltas no bacio, berraste Angola é grande!* Eles sabiam também bué de estórias de gregos e quê, e eu até ia perguntar sobre o Caixão Vazio, mas a Paula veio dizer que os meus pais já estavam à espera.
— *Portaste-te bem?* — a minha mãe.
— *Sim, portámo-nos todos bem. Os outros miúdos eram bem fixes...* — abro a janela, ponho a cabeça de fora, está calor.
— *Como é que foi? Leste a tua mensagem?*
— *Afinal não foi preciso, mãe.*
— *Não?*
— *Não, eles tinham um papel lá da Rádio, com carimbo e tudo, já tinha lá as mensagens de cada um. Eu li uma e eles leram as outras duas.*

Estava muita gente no aeroporto cá fora. É sempre assim quando chega um voo internacional. Ao pé da porta de saída das pessoas havia uma pequena confusão, vi os FAPLAS virem a correr, pensei já que ia sair tiro. Subi no capô do carro, espreitei por cima dos ombros daquelas pessoas todas.
Estava muito calor, e lembro-me de ter sentido uma vez mais aquele cheiro assim generalizado da catinga. O tipo de cheiro muitas vezes também me dizia que horas eram... Mas aquele quente-abafado misturado com cheiro a peixe seco queria dizer, isso sim, que tinha chegado um voo nacional. Não ia ao aeroporto muitas vezes, mas estas coisas todo mundo sabia, ou melhor, cheirava. Fingi que estava a limpar o suor

da testa com a manga da t-shirt e aproveitei para cheirar o meu sovaco. *Podia estar pior...*, pensei.

Subi no capô do carro, espreitei por cima dos ombros daquelas pessoas todas. Até sorri: um macaco tão bonitinho estava a saltitar no ombro de uma senhora estrangeira, enquanto um senhor, acho que era o marido, lhe tirava fotografias. O macaco delirava, dava saltos mortais na cabeça da kota, fingia que lhe estava a catar piolhos, o marido dela, acho que era o marido, era um senhor muito branco mas estava muito vermelho de rir. De repente, um FAPLA aproximou-se por trás, esticou uma bofa no macaco, coitado, ele saltou, deu duas cambalhotas no ar, ainda gritou, caiu no chão e desatou a correr.

Não consegui mais ver o macaco, começou uma pequena confusão, o outro FAPLA chegou perto do marido da senhora e tirou-lhe a máquina das mãos. Dava para ouvir mais ou menos a conversa, o senhor estava a tentar falar português, o FAPLA estava chateado, abriu a máquina assim de repente, tirou o rolo, deitou fora. Aí acho que a senhora começou a chorar, mas perceberam que aquilo era a sério. Coitados, eles não deviam saber que em Luanda não se podia tirar fotografias assim à toa. O FAPLA disse: *a máquina está detida por razões de segurança de Estado!* Depois explicaram-lhes que não podiam estar a tirar fotografias no aeroporto, ele disse que só estava a fotografar o macaco e a mulher, mas o FAPLA filipou e disse que a mulher e o macaco estavam no aeroporto e que nunca se sabia onde é que aquelas fotografias iam parar. Desci do capô, só pensei *ainda bem que não houve tiros*, porque às vezes as balas perdidas matam pessoas, como me contava tantas vezes o camarada António, que lá no Golf, *principalmente fim de semana, menino,* havia pessoas que bebiam, davam tiros pro ar, e até uma vizinha dele já tinha morrido só de estar a dormir na esteira e uma bala ter lhe caído na cabeça. *Ela nunca mais acordou,* disse-me o camarada António.

A tia Dada demorou bué para sair. Aí o meu sovaco já tava mesmo a cheirar mal, e eu que queria que ela me conhecesse assim bem cheiroso! Aquilo ali no tapete de receber as malas sempre demorava tanto, às vezes até desaparecia bagagem e não valia a pena ir refilar com ninguém, era mesmo uma questão de sorte ou de azar, como dizem os mais velhos. Mas depois ela saiu, e quando se aproximou senti que ela também já tava bem transpirada, de modo que ficou empatado.

Ela foi uma das poucas pessoas mais velhas que eu encontrei que não falou comigo como se eu fosse uma criança pateta, cumprimentou-me com dois beijinhos quando eu até estava habituado a dar um beijinho na cara dos mais velhos, e disse-me só assim: *está muito calor, não achas?*

Agora vou dizer: gostei muito do facto de ela não ser alta, mas o que eu gostei mesmo foi de ouvir a voz dela assim ao vivo, aquilo sim, podia-se dizer que era uma voz doce. *Ajudas-me?,* ela passou-me um saco que eu acendi logo as vistas: tinha bué de chocolate lá dentro.

À medida que íamos andando para o carro, vi que ela estava à procura de qualquer coisa na bolsa dela, depois pousou os sacos, e perguntou-me: *podes ir chamar aquele miúdo para eu tirar uma foto dele com o macaquinho?* Olhei, fiquei contente. O macaquinho já estava outra vez contente, dava saltos mortais no ombro do menino, fingia que tava a catar piolhos na cabeça dele, ou então tava mesmo.

— *Não podes, tia. Não podes tirar fotografias àquele macaco!*

— disse-lhe, enquanto arrumava o saco com os chocolates no lugar onde eu ia sentar.
— *Não posso tirar uma fotografia àquele macaquinho tão inofensivo?*
— Não, tia, não podes...
— *E porquê?*
— Não sei se vais perceber...
— *Então diz lá* — ela, séria.
— Não podes tirar fotografias àquele macaco..., por razões de segurança de Estado, tia — eu, sério.

Mas ela percebeu logo, porque olhou para os FAPLAS lá ao longe, e guardou a máquina num instantinho. Sentou-se ao meu lado, e não disse nada no caminho até à nossa casa, ficou só a olhar, depois abriu a janela e parecia que estava a fazer como eu faço de manhã, a cheirar o ar.

Encontrámos o camarada António no portão pequeno. Ele vinha muito todo a rir, tipo já conhecia a minha tia de algum lado. Claro que ele vinha com os cheiros do almoço já pronto, de certeza, eu tenho certeza mesmo, porque já não trazia o avental vestido, o que queria dizer que já estava a pôr ou já tinha posto a mesa. Ora, quando ele punha a mesa, faltava *vinte minuto* para a comida estar pronta.

Estava tanto calor que a primeira coisa que fizemos todos foi descalçar as sandálias. A tia Dada subiu para o quarto onde ela ia ficar, depois foi tomar banho, devia estar cheia de calor porque também já estava muito avermelhada. Quando ela desceu para almoçar, as minhas irmãs já tinham chegado a casa e também estavam a cheirar a catinga, enfim, não se pode fazer nada com este calor. Foram-se lavar rapidamente debaixo dos braços antes de nos sentarmos à mesa.

Por acaso, ou melhor, não foi por acaso, foi porque a tia Dada tinha chegado e tinha tanta coisa para contar, quase não ouvimos o noticiário. Eu queria que ela me contasse como tinha sido a viagem de avião, especialmente aquela parte quando o avião acelera bué parece que vai se partir todo. A minha irmã mais nova depois piscou-me o olho, assim ela queria já era ver as prendas.

Logo depois do almoço, porque nós pedimos muito, fomos para o quarto da tia Dada abrir a mala dela. Estava bem pesada e eu pensei que ela tinha trazido muita coisa para nós, mas o peso era por causa de tanta comida que ela tinha trazido, entre essa comida, a minha prenda.

— *Dada, o que é isso?* — a minha mãe, espantada.

— *São batatas... O teu filho disse que tinha saudades de batatas!* — ela, pegando nas batatas espalhadas no meio da roupa.

A sorte é que a tia Dada era muito simpática e trouxe, para além das batatas, um montão de chocolates.

Às vezes, quer dizer, muito de vez em quando, aparecia chocolate lá em casa, mas assim três tabletes para cada um, acho que era a primeira vez que me acontecia. Eu fiquei logo a pensar naquela quantidade de coisas que ela tinha trazido, e eu estava mesmo a pensar que ela devia ter pedido a diferentes pessoas, com diferentes cartões de abastecimento, para comprar aquelas prendas, mas ela disse que não tinha cartão nenhum, e que não era preciso isso. Como eu estava atrasado para a escola, pensei em deixar a conversa para mais tarde.

Na escola, àquela hora, fazia sempre muito calor, dava sono. Isso só me chateava porque em vez de ficarem a contar estórias, alguns colegas ficavam aquele tempo a dormir, enquanto os professores não chegavam. Mas lá ao longe vi o Murtala chegar acompanhado do camarada professor Ángel e da mulher dele. Perdi as esperanças que fosse haver borla.

No fundo, até que tivemos uma tarde bem agradável, estávamos a preparar as aulas como iam ser se o camarada inspetor aparecesse de surpresa, embora, como a Petra nos explicou no intervalo, *já não podemos chamar aquilo de surpresa!* O Cláudio sempre tinha qualquer coisa para responder, e disse à Petra que era uma surpresa que nós sabíamos já, mas não quer dizer que deixasse de ser surpresa. Também ninguém se interessou pela discussão, porque estávamos todos mais preocupados com a questão do Caixão Vazio, se eles iam ou não aparecer na nossa escola. O Murtala apostava que sim, porque eles tinham estado a semana passada numa escola ao pé do mercado Ajuda-Marido, que já era bem perto da nossa. O Murtala desenhou na areia um mapa bem fixe, com o Largo das Heroínas, o mercado, o Kiluanji, o Kanini e a nossa escola. Foi bom ele ter feito esse mapa e explicar-nos o que ele pensava que ia acontecer, porque mesmo ao lado o Cláudio desenhou um mapa da nossa escola e cada um disse logo ali quais eram as melhores hipóteses de fuga, contando com o peso da mochila ou não, com o facto de eles nos perseguirem ou não, e até a possibilidade de os camaradas professores cubanos — com essas estórias da revolução — quererem fazer trincheira e desafiar o Caixão Vazio.

Depois de nos explicarem as matérias que poderiam ser perguntadas, os professores foram connosco orientar-nos nas limpezas, cada turma limpava a sua sala de aulas mais o corredor em frente, depois o pátio era dividido por cinco turmas, o pátio de dentro por outras três, e as paredes ficavam assim mesmo como estavam. A Petra só dizia com ar de gozo que essa visita do camarada inspetor já tava a dar muito trabalho.

Como acabámos as limpezas rapidamente e tinha ficado tudo mais ou menos bem limpo, a camarada diretora deixou--nos sair mais cedo, mas antes ainda fizemos formação e cantámos o hino. A Romina convidou alguns colegas e os camaradas professores para irem lanchar à casa dela, porque o irmão dela fazia anos e não tinha convidados, então a mãe dela disse que ela podia levar pessoas da escola. Quando vi a Romina falar com o Murtala achei logo má ideia, porque o Murtala era muito fobado e não tinha respeito a comer na casa dos outros.

A mãe da Romina mandou todo mundo ir lavar as mãos, especialmente o Bruno e o Cláudio que também tiveram que lavar os sovacos porque aquilo já era de mais.

A mesa estava bem bonita: tinha croquetes, sandes, gasosas, fruta, bolo e torta, ficámos logo com água na boca, todos com os olhos já tão acesos que ninguém deu os parabéns ao miúdo. E quem tinha os olhos mesmo bem acesos era o camarada professor Ángel, tipo nunca tinha visto tanta comida junta, dava gosto ver-lhe atacar o pão com compota.

Como távamos a fazer muita confusão, e também já não aguentávamos comer mais porque a mãe da Romina não parava de trazer mais comida, a Romina pôs um filme para vermos. Eu queria olhar para o ecrã, mas não conseguia deixar de olhar para os camaradas professores cubanos, porque a cara deles, não sei se sei explicar, mais parecia a minha cara da primeira vez que vi televisão a cores na casa do tio Chico — gostei tanto que até fiquei meia hora a ouvir notícias em línguas nacionais. A camarada professora María só faltava já babar, o que ela não fazia porque estava sempre de boca cheia a comer a compota de morango.

Era um filme do Trinitá, tava todo mundo bem entusiasmado, a vibrar mesmo, saía já palmas e tudo quando o artista esquivava bala. O Cláudio disse: *ché, eu tenho um tio FAPLA que também esquiva bala!*, mas acho que ninguém acreditou, toda gente sabia que só o Trinitá é que sabia fazer isso. Quer dizer, talvez o Bruce Lin também soubesse.

Assim, todos distraídos, ninguém reparou que o Murtala não estava a ver o filme connosco. Começámos a ouvir uns barulhos estranhos, primeiro pensámos que era no filme. A Romina levantou mais o som, mas parecia que era doutro lugar. A Romina parou o vídeo. Toda a gente ficou só assim a tentar ouvir o silêncio.

Afinal o som vinha da cozinha.

Tipo que estávamos com medo: levantámos todos devagarinho, passámos pela mesa que já não tinha comida mais nenhuma. O Cláudio: *eu num t'avisei, Romina...* Quando chegámos à cozinha vimos que os pratos suplentes também já não tinham comida, as duas travessas com pudim só tinham uns coche de molho, e a torta estava mesmo bem torta, só tinha duas fatias. Mas o barulho continuava e não se percebia de onde vinha. Alguém chamou: *Murtala... Murtala, tás aonde?* O som ficou um bocadinho mais alto, assim a quebrar aquele silêncio. A mãe da Romina pôs as mãos na boca e disse *ai meu Deus!*, e nós fomos todos de repente ver: atravessámos a cozinha, e chegámos ao outro lado da geleira. Da camisola amarela-rotototá, a barriga enorme do Murtala podia se ver, bem inchada. O muadiê tinha ficado preso e não conseguia abandonar o esconderijo. O Cláudio começou a rir à toa.

Depois de arrastar a geleira, o Murtala soltou-se e foi para a casa de banho vomitar tanto que foi preciso tirar cinco baldes de água da banheira para acabar com aquele espetáculo.

Como tava a ficar escuro, os camaradas professores foram acompanhar o Murtala a casa. O Cláudio só dizia: *eu num t'avisei, Romina?, diz só s'eu num t'avisei...*

Quando eu estava a chegar a casa, vi no portão do Bruno Viola um grupo de miúdos, fiquei logo curioso. Antes de entrar em casa, fui lá ver o que era. Encontrei também um silêncio que parecia que a única pessoa que podia falar era a Eunice.

— *Eram mais de cinquenta, tou-vos a dizer... Mais de cinquenta...* — a Eunice, com voz de choro.

— *Ó Eunice, desculpa lá, mas também num é preciso aumentar já assim* — dizia o irmão do Caducho, mas tava com riso nervoso.

— *Epá, quem quer acreditar, acredita... A escola tava toda cercada, eu escapei por um triz.*

— *Mas isso foi a que horas?* — alguém pôs.

— *Foi há bocadinho mesmo, távamos no último tempo e começámos a ouvir o barulho do camião a derrapar...*

— *Era o Caixão Vazio?!* — eu.

— *Era o Caixão Vazio, mas o camião estava cheio de homens...* — a Eunice, a limpar as lágrimas. E eu na minha cabeça imaginava o mapa do Murtala: o Ngola Kanini era

mesmo ao lado da nossa escola, o próximo ataque só podia ser no Kiluanji ou no Juventude em Luta.
— *Tu viste o camião? Era um ural, né?* — o Pequeno já a adiantar pormenores.
— *Eu não vi o camião, mas tenho colegas que viram. No camião é que está o caixão..., é um caixão de verdade, assim preto. Eles chegaram, uns começaram a saltar do camião e a cercar a escola, nós começámos a lhes ver da janela, depois começaram a gritar. Quatro que ainda tavam em cima do camião abriram o caixão...*
— *E tinha o quê lá dentro?* — Bruno Viola.
— *Não deu para ver... Eu só corri..., quando saí lá fora vi bué de homens, média duns setenta...*
— *Eram cinquenta, Eunice, cinquenta!* — o Pequeno fez rir a malta.
— *Eram bué, pronto! Olha, comecei a correr, um ainda me agarrou aqui* — mostrou o arranhão —, *mas eu só continuei a correr e ele por sorte me deslargou...*
— *E a polícia não veio?*
— *A polícia?! Achas...? A polícia tem medo deles... Estavam todos vestidos de preto, depois roubaram mochilas, e uma moça disse que ouviu gritos duma professora lá dentro, parece que tava a ser violada...*
— *Violada mesmo?* — Bruno Viola, sempre assanhado, queria pormenores.
— *Sim, dizem que eles sempre violam as professoras, depois cortam a chucha e penduram no quadro... Amanhã se tiver lá uma chucha no quadro quer dizer que violaram...* — a Eunice bazou, devia estar cansada do medo.
Quando eu entrei em casa a minha tia disse que eu esta-

va branco. É que também me tinham dito já que eles violavam as professoras e matavam os professores, só ninguém sabia o que eles faziam com os alunos que nunca mais apareciam, pelo menos esta era a estória que a filha da empregada do Bruno sempre contava, que tinham lhe contado num primo dela. Agora, claro, era mesmo tudo verdade, se a própria Eunice tinha visto o camião com o caixão vazio, e se ela tinha arranhão e tudo... Quer dizer que dentro de dias era a nossa escola, tinha que telefonar ao Cláudio para ele levar o pontimola dele.

O que me pôs mais bem-disposto foi encontrar aqueles chocolates que a tia Dada tinha trazido, tão bons, tão bons, tão bons!, que eu tive que comer as três tabletes de seguida antes que alguém me viesse dizer que só podia comer quatro quadrados. Depois fui falar com a tia Dada:

— *Tia, não percebo uma coisa....*

— *Diz, filho.*

— *Como é que tu trouxeste tantas prendas? O teu cartão dá para isso tudo?*

— *Mas qual cartão?* — ela fingia que não estava a perceber.

— *O cartão de abastecimento. Tu tens um cartão de abastecimento, não é?* — eu, a pensar que ela ia dizer a verdade.

— *Não tenho nenhum cartão de abastecimento, em Portugal fazemos compras sem cartão.*

— *Sem cartão? E como é que controlam as pessoas? Como é que controlam, por exemplo, o peixe que tu levas?* — eu já nem lhe deixava responder. — *Como é que eles sabem que tu não levaste peixe a mais?*

— *Mas eu faço as compras que quiser, desde que tenha dinheiro, ninguém me diz que levei peixe a mais ou a menos...*

— *Ninguém?* — eu estava mesmo espantado, mas não muito, porque tinha a certeza que ela estava a mentir ou a brincar. — *Nem tem um camarada na peixaria que carimba os cartões quando levantas peixe à quarta-feira?*

Depois a minha irmã mais nova veio perguntar umas coisas de Matemática, e eu lembrei-me que tinha de ir telefonar para alguém a contar o mujimbo do Caixão Vazio. Claro que já estava a pensar em dizer que eram praí uns noventa ou cem, que tinham trazido três camiões cheios de caixões, e que nem todos os caixões estavam vazios, e até que eu achava que era nesses caixões que eles punham os miúdos que desapareciam.

Mas estava tão cansado que adormeci.

Sonhei, claro, com o camião ural do Caixão Vazio a chegar na nossa escola, sonhei com os camaradas professores cubanos a nos ensinarem a cavar uma trincheira e a trabalhar com akás, e que quando eles iam nos agarrar porque as nossas metralhadoras não tinham balas, apareceu o Trinitá com a polícia e prenderam todos.

O sonho foi tão barulhento e cheio de confusões e tiros, que a minha mãe teve que me acordar quase de manhã a pedir-me para eu não dizer tantos disparates enquanto sonhava.

— Mas porquê que essa praia é dos soviéticos?
— Não sei, não sei mesmo... Se calhar nós também devíamos ter uma praia só de angolanos lá na União Soviética!

Acordei novamente bem-disposto porque ia à praia com a tia Dada, as minhas irmãs tinham aulas, e eu era o único que podia lhe acompanhar. Isso também era bom porque como íamos estar só os dois, ia dar para lhe enfiar umas baldas que não tinha ninguém ali para me desconfirmar.

Bom dia, menino!, disse o camarada António quando eu já estava a acabar o matabicho. *Bom dia, camarada António, tudo bem?*, enquanto ele começava a arrumar melhor os copos, mudava os pratos de sítio, abria a geleira e espreitava, abria a janela da cozinha, tudo só por hábito, não é que aqueles gestos fossem para alguma coisa, não sei se já repararam que os mais velhos fazem muito isso.

— *Menino, hoje vai passear?* — e continuava a mexer nas coisas.

— *Sim, vou com a tia Dada à praia, o camarada João vai nos levar.*

— *A tia trouxe prenda, menino?* — ele tava a rir, assim queria perguntar se a tia tinha trazido prendas pra todos.
— *Tu ainda não falaste com ela, António?*
— *A tia tava a falar ainda com o pai, ainda não falei bem...*
— *Hum...* — eu sorri. — *Acho que ela trouxe-te uns sapatos bem bonitos...*

Saímos com o camarada João. Ele não apareceu bêbado porque tinha respeito pelas pessoas que não conhecia bem, e era chato dar logo má impressão no primeiro dia, quer dizer, acho que foi isso, porque até veio com uma balalaica toda bem engomada, tipo já queria que a tia também lhe desse uma prenda. Estávamos a descer a António Barroso.
— *Tás a ver ali, tia?* — apontei para a rotunda que se via lá em baixo.
— *Sim...*
— *Ali é a piscina do Alvalade!* — o camarada João começou já a rir, ele sabia o truque.
— *Mas não vejo piscina nenhuma, filho...*
— *Não vês porque estamos longe, mas quando chegarmos lá já vais sentir.*

O carro aproximou-se da rotunda e teve que afrouxar por causa dos buracos. Havia bué de água assim a escorrer no passeio, os miúdos tomavam banho nos buracos e no sítio onde a água saía tipo a fonte luminosa da Ilha que nunca chegou a funcionar. O carro tipo tava a dar soluços.
— *Agora já vês, né, tia?* — eu ria, ria.
— *É aqui?*
— *Sim, esta é a piscina-dois do Alvalade.*

Passámos no Largo da Maianga e eu só tava a rezar para que o camarada sinaleiro estivesse lá. Aquele camarada mandava poster: dum chapéu azul bem bonito, luvas brancas tipo casamento, cinto que vinha do ombro, cruzava à frente e só acabava já junto da pistola, ché, camarada sinaleiro também podia dar tiro! E ele tava lá mesmo. A minha tia não disse nada, mas eu reparei que ela ficou impressionada a olhar para ele, acho que em Portugal não há camaradas sinaleiros assim posterados.

Depois subimos, pedi ao camarada João para passar no Hospital Josina Machel, que a minha tia pensava que se chamava Maria Pia, eu até escapei já rir, percebi que aquele devia ser o nome que os tugas davam ao hospital, mas também, poças, dar já nome de pia num hospital é estiga. Descemos a Praia do Bispo, a avenida tinha acabado de ser arranjada porque há pouco tempo o camarada presidente tinha passado por ali, e como o camarada presidente passa sempre a zunir, com motas e tudo, normalmente as estradas são asfaltadas por causa disso, há muita gente que gosta que o camarada presidente passe na rua deles porque num instantinho desaparecem os buracos e às vezes até pintam os traços da estrada.

— *Tia... Portugal já tem um foguetão?*
— *Não, não tem, filho.*
— *É que nós temos, e não é do tempo dos portugueses, não penses...* — apontei para a esquerda, onde se podia ver o Mausoléu. — *Quer dizer, ainda não tá pronto, mas tá quase...*

Quando passámos mesmo na esquina, o Maxando estava na porta, com as barbas dele enormes, o penteado rasta, e aquela cara que metia medo, eu não sei porquê, coitado, porque ele até estava sempre a sorrir e falava muito bem com a Tia Maria e com a Avó, mas nós tínhamos muito medo dele.

— *Mas porquê que vocês têm medo desse Maxando?* — a minha tia, olhando ainda para ele, ele a sorrir.
— Dizem que ele fuma muita liamba, tia.
— *Mas ele faz mal a alguém?*
— Não sei, tia, mas também ele tem um jacaré em casa, isso já não é normal! — eu.
— *Um jacaré?*
— Sim, ele tem um jacaré lá no quintal dele.
— *Mas como?! Um jacaré?*
— Sim, tia, um jacaré, daqueles muito compridos. Ele tinha um cão, o cão foi atropelado por um militar, e como o militar não tinha um cão para lhe devolver, lhe arranjou um jacaré — isto era verdade, todos da Praia do Bispo sabiam.
— *E dorme aonde esse jacaré? Está preso?*
— Sim, tá sempre preso, dorme lá mesmo na casota do cão — parece que a minha tia não queria acreditar.
— *Ó filho, tu já viste esse jacaré?*
— Eu nunca vi, tia, mas toda gente sabe que ele tem lá o jacaré..., só que o jacaré dele só gosta de ver o Maxando... Só ele é que lhe dá de comer, sabes...

Passámos na fortaleza, entrámos na marginal. Eu bem vi que toda aquela zona estava cheia de militares, mas pensei que fosse alguma reunião lá em cima no palácio. A marginal tinha FAPLAS com metralhadoras e obuses e de repente começámos a ouvir as sirenes. *Deve ser o camarada presidente que vai passar*, eu avisei, talvez lá em Portugal seja diferente e ela não saiba. O camarada João encostou o carro imediatamente no passeio, travou, desligou, pôs ponto morto e saiu do carro. Eu saí também do carro, só que a tia Dada nunca mais saía. Eu vi lá longe os mercedes a virem bem lançados e estava preocupado porque a tia Dada nunca mais saía do carro. Como já era tarde pra dar a volta, e nunca se podia correr nestas situações, falei-lhe pela janela:

— *Tia, tia!, tens que sair do carro, rápido.*
— *Mas sair do carro porquê? Eu não quero fazer chichi!* — ela estava mesmo sentada, impressionante, e ainda estava a rir.
— *Mas isto não é para fazer chichi, tia, tens que sair do carro e ficar paradinha aí fora, aqueles carros pretos são do camarada presidente.*
— *Ó filho, não é preciso, ele vai passar do outro lado.*
— *Dona Eduarda, por favor, sai só do carro...* — o camarada João falava tipo tava com febre.
— *Tia, a sério, sai do carro agora!* — quase gritei.

Estava sol. A minha tia saiu do carro, deixou a porta aberta. Fiquei mais descansado, embora ela parecia que não estava em sentido. O pior foi que quando os carros já estavam mesmo perto, ela pôs a mão dentro do carro para apanhar o chapéu. *Tia, não!*, gritei mesmo. Acho que ela se assustou e ficou quietinha. Passaram as motas, depois dois carros, mais um, e no último que tinha as janelas todas escuras acho que ia o camarada presidente. Depois ainda tive que lhe dizer para ficar quieta que só podíamos voltar para o carro passado um bocado. O camarada João tava a transpirar a sério. Entrámos no carro.

— *Ó filho, que cerimónia!*
— *Pois... Escapaste é ver a cerimónia de tiros que ia haver se algum FAPLA te visse a mexer, parecia que tavas a dançar, ainda por cima ias pôr o chapéu...*

— *Mas sempre que o presidente passa vocês têm que ficar em sentido?* — ela estava mesmo espantada.

— *Não é bem em sentido, mas tens que sair do carro para verem que não estás armada ou que não vais tentar alguma coisa...* — eu parece que também tinha ficado a transpirar.

— *Ah sim...?*

— *Ah pois, e assustei-me mesmo quando vinhas buscar o chapéu porque os carros já tavam demasiado perto e podiam pensar que vinhas apanhar outra coisa qualquer...*

O camarada João nem estava a conseguir assobiar. Claro que podia não ter acontecido nada, mas claro que também podia ter acontecido qualquer coisa.

Continuámos em direção às praias, o mar tava picado, um bocadinho picado, então ficava assim daquela cor que não dá para descobrir se é verde, se é azul, se é quê. *De que cor está o mar, tia?*, eu queria ver se ela ia dizer verde ou azul, porque as minhas irmãs sempre viam o mar azul, nunca conseguiam ver o verde do mar. *Está escuro..., está verde...*, ela percebeu que havia truque na pergunta. *João, tu achas quê?*, mas o camarada João só riu, aí eu já sabia que ele não queria participar na conversa.

— *Então vou-te dizer um segredo, tia...*

— *Diz lá, filho.*

— *O mar está verzul!* — eu ria, ria.

Fomos dar a volta quase lá no fundo, até onde se podia ir de carro; vimos as barricadas. *Isto o que é?*, a minha tia perguntou ao camarada João. *É quartel... É um quartel*, ele respondeu. Tinha militares soviéticos a guardar a entrada, os soviéticos sempre faziam cara de maus, todos esbranquiça-

dos por mais sol que apanhassem, muitas vezes ficavam assim tipo lagostas.
— *Podemos ficar já aqui, não?* — ela.
— *Não, aqui não podemos, tia... Vamos lá mais para ao pé da rotunda.*
— *Mas não podemos ficar aqui, nesta praia tão "verzul"?* — ela sorriu para mim.
— *Não, tia, aqui não se pode. Esta praia tão verzul é dos soviéticos.*
— *Dos soviéticos?! Esta praia é dos angolanos!*
— *Sim, não foi isso que eu quis dizer... É que só os soviéticos é que podem tomar banho nessa praia. Vês aqueles militares ali nas pontas?*
— *Vejo sim...*
— *Eles estão a guardar a praia enquanto outros soviéticos estão lá a tomar banho. Não vale a pena ir lá que eles são muito maldispostos.*
— *Mas porquê que essa praia é dos soviéticos?* — agora sim, ela estava mesmo espantada.
— *Não sei, não sei mesmo. Se calhar nós também devíamos ter uma praia só de angolanos lá na União Soviética...*

O camarada João deixou-nos na praia, ele vinha nos apanhar mais tarde, antes da hora do almoço. Estendemos as toalhas, fomos tomar banho, mas eu acho a água da Ilha sempre um bocado fria, claro que a minha tia disse que estava uma maravilha. Nadámos, depois voltámos às toalhas:
— *Tia, em Portugal quando o vosso camarada presidente passa, vocês não saem do carro?*

— Bem, eu nunca vi o presidente passar lá, mas garanto-te que ninguém sai do carro, aliás às vezes nem se percebe que o presidente vai num carro.

— Hum!, não acredito, ele não tem as motas da polícia pra avisar? Não põem militares na cidade?

— Não, militares não põem. Às vezes, se é uma comitiva muito grande, convocam a polícia para afastar o trânsito, mas é coisa muito rápida, o presidente passa e pronto. Claro que os carros se afastam, também é obrigatório, mas é porque ouvem as sirenes, percebes?

— Sim.

— Mas quando, por exemplo, o presidente sai ao domingo, vai a casa de algum amigo, já não leva a polícia, às vezes até vai a pé — ela estava mesmo a falar a sério, isso é que me deixou impressionado.

— *O vosso presidente anda a pé?* — até desatei a rir. — *Epá, tenho que contar essa aos meus colegas!, ainda querem estigar os presidentes africanos... Presidente em África, tia, só anda já de mercedes, e à prova de balas.*

Abrimos o saco com as sandes. A minha tia não tinha muita fome, mas depois de nadar e correr, uma pessoa fica sempre fobada. Comi mesmo com vontade, ela ainda me avisou se eu ia ter apetite para o almoço, *apetite nunca falta, tia, não te preocupes*, eu respondi já tipo mais velho. Depois a tia Dada me perguntou coisas de Luanda, como era na escola, se eu gostava dos professores, o que aprendíamos, como eram os professores cubanos, etc. E achei muito engraçada a cara de espanto que ela fez quando lhe contei que ali em Luanda havia muitos bandidos, mas que era uma profissão perigosa.

— Uma "profissão" perigosa, dizes tu... E porquê?
— Então, tia, é muito arriscado... — comecei já a explicar. — Se o assalto corre bem, não há makas, é só lucro no dia seguinte. Mas se te apanham, ai uê!, aí já a tua saúde tá em risco!
— "Makas" é problemas, não?
— Sim, maka é problema, assunto, também pode ser maka grossa, ou maka só...
— E essa dos bandidos, que "maka" é?
— É isso que tou ta explicar... Se for apanhado é maka grossa mesmo!
— Porquê?
— Então, tia, por exemplo, no bairro do Cláudio, apanharam um bandido, coitado, só gostava já de gamar candeeiros, pronto, devia ser lá o negócio que ele tinha no Roque ou quê... yá... Apanharam o muadiê, lhe deram tanta porrada, tanta porrada, mas tanta porrada, que no dia seguinte ele voltou lá à procura da orelha, tia!
— Da orelha? — ela coçou a orelha.
— Sim, ele tinha perdido a orelha lá, o Cláudio mesmo é que foi lhe mostrar onde é que tava a orelha, porque eles tinham visto a orelha logo de manhã, mas não mexeram a pensar que era feitiço!
— Ai, meu Deus... — ela, impressionada.
— Mas espera... Vou te contar já outras estórias mais quentes...
— Mais "quentes"? — esse era o problema de falar com pessoas de Portugal, havia palavras que eles não entendiam.
— Sim, mais quentes, quer dizer... Olha, por exemplo, ali na Martal quando apanham um bandido, ele até pensa que vai ser bem tratado.
— Porquê?

— Porque na Martal ninguém bate nos bandidos. Aliás, há lá um senhor mesmo, acho que até é mais velho, que quando ele aparece, a confusão acaba. Bem, claro que quando apanham o bandido, logo assim na hora, ele ainda tem que aguentar umas chapadas, uns pontapés, mas depois chega esse senhor, ninguém mais toca no bandido.

— Então fazem o quê?

— Espera, já vais ver... Fica para as cenas dos próximos capítulos... — mas ela fez uma cara estranha

— "Cenas dos próximos capítulos?!" Como assim?

— Calma só, tia... — fui tirar uma gasosa do saco, abri, dei um golo. — Então esse kota chega, diz a toda gente para ir dormir. Só vão já alguns homens com ele, levam o bandido para um quintal também aí, e lá dão a injeção. E o bandido aí para mesmo.

— A injeção?! Mas esse tal "kota" é enfermeiro? — eu até tive que desatar a rir com vontade.

— Enfermeiro d'aonde, tia? Qual enfermeiro é esse?! A injeção que lhe dão é com água de bateria! O muadiê para logo ali.

— Para? Para de fazer o quê?

— Para!, para mesmo, stop, apaga, campa! Ele morre, tia!

A tia Dada já não quis mais comer a sandes dela, acho que tinha ficado maldisposta com a estória ou quê.

— Mas isso é verdade, filho? — ela se calhar queria que eu dissesse que não.

— Até posso te mostrar um colega meu que vive nesse bairro, tia!

Peguei na sandes dela, perguntei se ela queria; ela não queria, comi! Mas como ela estava impressionada já nem lhe contei o que andavam a fazer no Roque Santeiro quando apanhavam ladrões, coitados, punham só o pneu, petróleo, e ainda ficavam ali a ver o homem a correr dum lado pro outro, a pedir para lhe apagarem. Não sei, há quem diga que nessa altura de queimarem os ladrões com pneus os assaltos diminuíram, mas isso já não posso confirmar. Ela também não sabia que em Moçambique cortavam dedos.

— *Cortam os dedos todos?* — ela já queria se assustar outra vez.

— *Não, tia, cortam um de cada vez. Um assalto, um dedo, percebes?*

Para a conversa ficar mais ligeira, também lhe contei algumas estórias que eu sabia de bandidos que se safavam, como aquele que estava na Praia do Bispo a ser perseguido por um polícia, depois alguém gritou *agarra ladrão!* e um outro polícia pensou que esse polícia fosse o ladrão e lhe vuzou um tiro das costas, o bandido fugiu e ainda tava a rir.

— *Quer dizer, há muitos tipos de bandidos então, esse foi um sortudo.*

— *Ah pois, mas também há os azarados... Olha, no prédio do Bruno...*

— *Ó filho, essa estória também acaba assim muito mal?*

— *Não, não, acho que esta tu aguentas* — ela riu. — *No prédio do Bruno, um bandido tava a assaltar o quinto andar, e tem um kota no sexto andar que é quem trata desses mambos; telefonaram pra ele, ele acordou, saltou por um buraco que há mesmo no sexto andar e caiu em cima do bandido, só que o muadiê, com o susto, desata a correr para as escadas, só que, qual é o azar dele?, também já tinha lá um guarda à espera dele...*

— *E ele como é que fez? Agora não me vais dizer outra vez "cenas do próximo capítulo", vais?*

— *Não, não há intervalo... Ele liga o turbo, salta e atira-se do quinto andar!*

— E morreu?

— Nem pensar! Caiu, tipo que tava morto, só demorou dois segundos na pausa, olhou, levantou bem fixe, só tava a coxear, mas a correr, ó tia, tou ta dizer: coxos, aleijados, pessoa em cadeira de rodas, aqui em Angola são os que vuzam mais...

— Então ele safou-se, não?

— Epá, nada!... Vê só o azar do indivíduo — achei que aquela palavra ficava bem —, tava a passar um carro da polícia, foi apanhado, o Bruno disse que até ficou com pena dele, poça, já tava quase a fugir... Mas é assim, o azar persegue uma pessoa.

Quando o camarada João veio nos buscar, o calor já tava insuportável. Olhei para as árvores, os pássaros estavam lá sentadinhos, não se mexiam, também deviam estar a suar. Do outro lado da rua havia barracas a vender peixe seco, esse sim, quanto mais ficasse ao sol, melhor. Aquele cheirinho abriu-me o apetite, há quem não goste, mas eu acho que o peixe seco cheira muito bem, parece sumo concentrado de mar.

Já a voltar para casa, passámos no Largo do Kinaxixi, porque eu queria que a tia Dada visse o blindado que estava lá em cima.

— Tia, em Portugal tem um blindado assim pendurado num largo?

— Não, acho que não tem...

— Pois aqui tem! Este largo é o Largo do Kinaxixi — apresentei.

— Mas antigamente não era este blindado que estava aqui em cima, sabes? — ela olhava para o blindado com atenção, ia tirar uma fotografia mas eu disse-lhe que era melhor não, porque ainda estavam muitos FAPLAS ali na rua.

— *Era outro blindado? Maior ou mais pequeno?* — eu não sabia que aquele já era o segundo blindado.

— *Não, não percebeste...*

— *Então?*

— *Ali havia uma estátua.*

— *Uma estátua? Qual estátua?*

— *A estátua da Maria da Fonte* — ela parecia ter a certeza.

— *Não sei, tia... Aqui em Luanda normalmente só temos fontes, assim mesmo a sair água com força, quando rebenta algum cano...* — o camarada João tava a rir.

Quando chegámos a casa estavam à espera de nós para almoçar. Tava a dar inveja: as minhas irmãs ainda tinham bué de chocolate, isso sempre acontecia, eu era o primeiro a acabar as coisas.

A minha tia foi-se lavar, não sei porquê, até dizem que a água salgada faz bem à pele, para quê ir logo a correr tomar banho? Já na minha casa também têm muito essa mania, toda hora já banho, banho, acho que não é preciso, se calhar basta de dois em dois dias, ou coisa assim. As minhas irmãs dizem que os rapazes são sempre assim, não gostam de tomar banho, mas eu tenho uma colega que só toma banho uma vez por semana, isso também é porque na casa dela a água só vem uma vez por semana, então eles enchem a banheira e depois têm que poupar a água durante a semana toda.

— *Correu tudo bem, filho?* — a minha mãe veio me dar um beijinho.

— *Tudo bem, sim* — dei-lhe também um beijinho. — *E vimos o camarada presidente passar, na marginal.*
— *Ahn...*
— *Mas a tia Dada tipo que queria levar um tiro...*
— *Porquê?* — o meu pai perguntou.
— *Então... Ela não sabia que tinha de sair do carro, depois ainda escapou meter a mão no carro para tirar o chapéu mesmo quando o camarada presidente ia passar...* — sentei-me. — *A sorte é que os FAPLAS não viram nada...*
Eram dez para a uma. O meu pai ligou o rádio, mas ainda estava só a dar música. Fechei as portas, as janelas, liguei o ar condicionado, ou "ar concionado", como nós dizíamos. Senti o cheiro da comida vir da outra sala, era peixe grelhado de certeza absoluta.
— *Mãe...*
— *Diz, filho.*
— *Tu sabias que em Portugal o presidente sai assim na rua sem guarda-costas, e vai comprar o jornal?*
— *Sim, filho, se há condições de segurança para isso.*
— *Bem, pelo menos ao domingo deve haver, porque a tia Dada disse que o presidente português ao domingo sempre vai comprar o jornal a pé... Mas isso é verdade mesmo, mãe?*
— *Se é verdade o quê?*
— *Que ele não põe militares na rua para sair de casa? Vai assim sozinho... E se tiver bicha no sítio de comprar jornal?* — comecei a rir. — *Aí me uíçam se ele fica mesmo à espera...*

Fomos almoçar.
Eu queria saber se tinha havido problemas nas outras

escolas, se o Caixão Vazio tinha aparecido perto da escola da minha irmã mais velha, porque, segundo o mapa do Murtala, acho que a escola dela vinha a seguir. Ela disse que não, que tinham visto um camião e começaram a gritar, mas os professores não deixaram ninguém sair das salas, e ainda bem porque era só um camião que ia a passar em direção ao quartel. Mas, claro, como é que eu não tinha pensado nisso, eles nunca iriam de manhã lá na escola da minha irmã, de manhã eles deviam estar a dormir, por isso é que tinham ido à escola da Eunice da parte da tarde, e também já tinham ido ao Mutu-Ya-Kevela à noite.

Quando cheguei à escola, mal vi a cara da Romina, percebi logo que havia qualquer coisa. Estavam todos cá fora, de mochila nas costas, ninguém queria entrar na sala.

— *Mas é o quê?* — perguntei.

— *Lá na sala...* — a Romina, quase a chorar.

— *Lá na sala tem quê?* — também me deu um medo.

— *Tem uma mensagem...*

O Cláudio e o Murtala me pegaram pelos braços, mesmo eu sem querer ir, iam-me empurrando, entrámos na sala. *Olha ali!*, me disseram, enquanto olhavam nervosos lá para fora, em direção ao Kiluanji, que ficava junto à estrada que vinha do mercado Ajuda-Marido, de onde eles iam vir, segundo o Murtala. *Mas olho aonde?*, eu não estava a ver nada. *Ali!*, apontaram de novo.

A parede tinha mil e uma inscrições, a caneta de feltro, giz, lápis de cor, sangue, guache, tudo e mais alguma coisa, e eles queriam que eu olhasse para "ali" — mas depois reconheci a frase: *Caixão Vaziu pasará aqui, hogi, ás cuatro da tarde!* Estremeci.

— Mas ó Bruno... — a Petra vinha lá com a teoria dela.
— Esse "hogi" não quer dizer que seja hoje mesmo, ninguém sabe desde quando é que isso está aí!
— Está aí mesmo desde hoje mesmo! — o Bruno estava nervoso também. — Se não como é que nunca tínhamos visto? Diz lá, tu já tinhas visto isso aí, ó minha espertinha? — a Petra ficou calada.
— Bem... — disse o Cláudio. — O problema vai ser convencer os professores que isso é verdade.
— Pois é... — a Romina já não tinha mais unhas para roer, eu tive que lhe dizer que ela já ia fazer sangue.
— Eles nunca acreditam, mas depois são os primeiros a correr... — continuou o Cláudio. — O quê que vamos fazer?
— Segundo as minhas contas, ainda podemos apanhar uma falta coletiva... Se todos estiverem de acordo, ninguém vai à aula — disse a Petra.
— Mas isso não é tão simples, Petra... — eu. — Mesmo se faltarmos à aula das quatro, imagina que eles vêm atrasados, ou chegam mais cedo, como é que vai ser?
—Ah, é verdade...
— Bom, então só temos uma hipótese...
— E qual é então? — o Bruno, enquanto olhava para o muro, devia estar a procurar o sítio mais baixo pra saltar.
—Aceitamos ir às aulas, mas toda a gente fica com as mochilas nas costas... Qualquer coisa, salva-se quem puder..., quer dizer, quem correr!

A Romina tinha lágrimas nos olhos. Fiquei com pena dela, eu quase que sabia o que ela estava a pensar: às vezes, quando havia assim situações de perigo, ela não se conseguia mexer, ficava só parada. E ela sabia que ia mesmo ser como o Cláudio estava a dizer, se houvesse alguma coisa, todo mundo ia desatar a correr, ninguém ia querer saber dos outros, era sempre assim. O Murtala estava tão nervoso que não dizia nada, eu nem contei nada da estória da Eunice para não deixar a malta mais nervosa, principalmente a Romina.

No primeiro tempo ainda tirámos os cadernos, escrevemos normalmente, mas estávamos bem atentos. Quem sentava perto da janela, principalmente o Bruno, o Filomeno e o Nucha, já nem ficavam sentados, toda hora a espreitar. Vimos um camião que todo o mundo pegou nas coisas e queria começar a levantar, a camarada professora Sara até se assustou, não percebeu o que se estava a passar, mas quando já íamos abrir, o Murtala disse: *não há maka, esse camião é do prédio do Partido*. Respirámos fundo, mas todo mundo ficou já com a mochila nas costas.

A camarada professora Sara era muito boa, como viu que ninguém tinha vontade, aproveitou só para explicar os pormenores do desfile do dia seguinte, mas também ela não sabia grande coisa, tinham-lhe dito à última da hora que a nossa escola tinha sido convocada. Ela só nos disse pra irmos fardados, limpos, pra não esquecermos do lenço da OPA, e quem quisesse podia trazer cantil. A concentração era ali na escola às sete e meia, depois íamos a marchar para o Largo 1º de Maio. Isto queria dizer que íamos marchar com os trabalhadores e outros alunos, e que íamos ver o camarada presidente sentado lá na tribuna.

No intervalo a dica do Caixão Vazio foi passada para outras turmas. Um professor zairense da sala 3 arrumou as coisas dele e não deu aula; segundo o Murtala, aquilo significava ou que ele era esperto ou que ele sabia muito bem a que horas vinha o Caixão Vazio. Os corredores estavam bem cheios, ninguém tinha deixado as mochilas na sala, e havia mesmo quem já estivesse sentado nos muros, à espera de um sinal de poeira ao longe, a indicar que o camião estava mesmo a vir.

O Cláudio não tinha trazido o pontimola, o Murtala tinha vindo de sandálias o que ia lhe dificultar a corrida, a Romina e a Petra estavam de saia, isso só podia facilitar as violações, o Nucha vá lá que tinha a correia nos óculos, ia dar para correr, mas eu, com o suor e a massa dos óculos toda torta, estava-se mesmo a ver que os óculos iam cair durante a corrida. Assim, tirei os óculos, pus no bolso, o mundo ficou todo com falta de nitidez, *mas não faz mal*, pensei, fixei um ponto colorido que era a árvore atrás do muro que eu tinha escolhido pra saltar, *agora só tenho que ser rápido, e não cair na correria.* Cair era o pior, toda gente sabe disso, quando se cai os outros pisam, ninguém para pra ver, ninguém mais vai te salvar, vais ser pisado por aqueles miúdos todos a correr, e se estiveres conscientes, é o próprio homem do Caixão Vazio que vais ver a sorrir, se calhar com um canivete na mão.

— *Estás a pensar em quê?* — a Romina, com a voz a tremer.

— *Ró...* — pus os óculos pra lhe ver melhor. — *No próximo tempo, sentamos juntos, ali na carteira junto à porta. Se houver alguma coisa, desatamos a correr...*

— *Está bem, está bem...* — ela estava mesmo nervosa. — *E corremos pra onde?*

— *Tás a ver aquela árvore cambuta ali?*

— *Yá, tou a ver...*

— *Saímos a correr da sala, se estiver muita gente ali no corredor saltamos logo os arames em frente à sala, corremos praque-*

le canto onde tem o buraco, e se conseguirmos atravessar rapidamente a avenida, chegamos ali no prédio do Partido, aí eles já não nos fazem nada...

— *Tá bem, tá bem...*

— *Só não podemos cair, Ró, não podemos cair...*

— *E se cairmos?*

— *Não podemos cair... Tem cuidado porque os mais velhos vão nos empurrar, só temos de correr em direção ao muro...* — voltei a guardar os óculos.

O camarada professor de Química entrou na sala, e ainda por cima tinha trazido as calças dele de militar. Isso não era nada bom, porque podia dar raiva nos homens do Caixão Vazio. O Cláudio deu-me o toque, encostou as mãos na calça para me chamar a atenção, mas eu já tinha pensado nisso.

— *Péro qué es lo que pasa? Nadie ha traído los cuadernos hoy?* — ele começou a escrever o sumário.

— *Não é isso, camarada professor. É que hoje vamos ter uma visita...*

— *Una visita? Es hoy la visita-sorpresa del camarada inspector?* — ele olhou para as calças gastas dele.

— *Não, camarada professor* — disse o Cláudio. — *Parece que é outra visita, tá ali escrito...* — apontou para a parede.

— *Dónde, ahí arriba?* — fazia esforço com a vista para ler. — *Y qué es eso del "Caixão Vazio"?*

— *É um problema, camarada professor, um problema...* — a Petra, também com medo.

— *Pero es por eso que tienen esa cara? Están muertos de miedo... Pero porqué?*

— *Eles são do Caixão Vazio, camarada professor, nunca ouviu falar?*

— *No me importa si son del "Caixão" vacío o del "Caixão" lleno... Esto es una escuela, y ellos no entran aquí!* — e bateu com o punho na secretária, mas aquilo não nos impressionou, porque aquele professor não sabia bem o que era o Caixão Vazio.

— *Eles entram e bem, e até vão entrar com um camião...*

— *No quiero que se queden con esa cara... están pálidos de miedo! Miren, la escuela también es un sitio de resistencia... Qué quieren esos payasos?*

— *Querem tudo, camarada professor, vão levar algumas pessoas com eles, vão violar professoras e não sei bem o que fazem nos professores...* — o Cláudio disse aquilo assim em tom de assombração. Mas o camarada professor não estava assustado.

— *Miren, les garantizo que no van a hacer nada de eso..., no aquí en nuestra escuela. Hacemos una trinchera; si fuera necesario entramos en combate con ellos; defendémonos con las carteras, con palos y piedras, pero luchamos hasta el fin!* — bateu de novo com o punho na secretária, ele suava, suava.

— *Ó camarada professor, mas como é que nós vamos lutar se eles têm akás... têm makarov's...*

Quando o camarada professor ia voltar a responder, alguém do lado da janela gritou *ai uê, mamã!*, e todos nós sentimos um arrepio forte subir desde os pés, passar pelo derrego, aquecer o pescoço, arrepiar os cabelos e chegar aos olhos quase em forma de lágrima.

O Cláudio, antes de se levantar, ainda perguntou: *mas tás a ver o quê?*, e esse colega só respondeu, *não consigo ver nada, é só poeiras, mas tão a vir muito rápido!*, não foi preciso dizer mais nada, e se alguém dissesse algo não ia ser ouvido porque a gritaria começou na minha sala, passou para a sala 2 e antes de eu ter tempo de tirar os óculos, já a escola toda estava numa gritaria incrível, não sei se todos sabiam muito bem porquê que estavam a gritar.

A Romina agarrou-me a mão com muita força, pensei que tinha deslocado as falangetas antes de olhar para ela e ver que ela estava naquele estado tipo Petra, isto é, petrificada, que não dava para se mexer. Olhei para ela e disse *vamos, Ró!*, e pensei que íamos desatar a correr para fora da sala, se o camarada professor não se tivesse posto no caminho da porta.

— *De aquí no sale nadie!* — gritava ele, mais alto que todos os gritos da escola. — *Nos quedamos aquí hasta la muerte; vamos a combatir al enemigo hasta el fin; vamos a defender nuestra escuela!*

A sorte foi que, no meio da confusão, a Isabel pôs-se à frente, e ela era quase tão grande como o camarada professor. Como todos estavam a empurrar, ele não conseguiu se segurar e foi afastado do caminho, quase se aleijava quando foi de encontro às grades do outro lado do corredor.

Estava um barulho grande na escola toda, parecia que as imagens iam correndo em câmara lenta, mas não era isso: éramos tantos a tentar sair pela porta que estávamos mesmo a andar devagarinho. Lembro-me de ver a cara da Luaia com a boca toda aberta, encostada no quadro, a tentar recuar em direção à janela quando já todo mundo estava a caminhar para a porta. Era sempre assim, havia alguma coisa e ela tinha uma crise de asma.

No corredor foi muito pior: era estreito, e estavam as três turmas a tentar sair das salas de aula, de modo que ainda só os alunos mais velhos conseguiam empurrar os outros, davam cocos, cotós e chapadas para passar mais rápido. Lá ao longe, destacada, vi a Isabel ligar o turbo e seguir para o buraco no muro que eu tinha dito à Romina. Outros começaram a ir em direção à sala da camarada diretora, como se isso fosse adiantar alguma coisa. A Romina gritou-me:

— *Vamos ter com a professora Sara* — e quis me puxar.

— *Não, Romina, não podemos, é mesmo para lá que eles vão primeiro, vamos só correr.*

A poeira do pátio começou a levantar e o ambiente ficou ainda mais esquisito.

No meio da confusão, ouvia as vozes do Cláudio, do Murtala, do Bruno que, nervoso, começou a dar as gargalhadas dele enormes, da Petra que chorava, e a mochila de alguém, não me lembro quem, que todo o mundo já estava a pisar. No meio da confusão, eu tentava fazer as contas: *será que o camião já entrou na escola? Será que eles vão fazer o cerco lá fora, e vão nos apanhar depois mesmo de saltarmos o muro? Será que vão mesmo dar tiros, ou as armas são só pra nos assustar? Será que vamos conseguir correr até ao muro sem cair?* No meio da confusão, olhei para trás: não via mais o camarada professor de Química, não via a Luaia, não via a Petra, e só tinha que correr, correr em direção ao muro.

Saímos do corredor, agora era só conseguir não cair no meio do pó e das pessoas. Havia mais espaço do que eu pensava, as pessoas estavam a saltar o muro em sítios diferentes, e ainda bem, porque senão ia ser um problema para passarmos no buraco todos ao mesmo tempo.

Foi precisamente neste momento que me aconteceu uma das coisas mais fantásticas e espantosas que eu ia ver na minha vida: nós estávamos a correr com muita velocidade, eu não corria muito devagar distâncias curtas, só não podia correr muito tempo porque eu também sofria de asma; a Romina estava de saia, e também corria bem, portanto acho que íamos muito rápido os dois, de qualquer modo, era de esperar que estivéssemos a correr mais rápido do que a pessoa que nos ultrapassou. Era a camarada professora de Inglês, uma pessoa baixa, que, pelos vistos, tinha-se preparado para correr, porque: tinha a carteira posta assim na diagonal, e já não tinha que se preocupar com ela; tinha os óculos na mão esquerda que eu vi, também já não tinha que se preocupar com isso; a saia, que devia ser longa, estava amarrada tipo minissaia, o que me deu para ver aquilo que vou vos contar agora, quer acreditem quer não: a minha camarada professora de Inglês, todo mundo sabe, era aleijada. Tinha uma perna mais fina que a outra, como um desenho esguio que não dá muito bem para explicar. Mas, no meio daquela poeirada, estando eu e a Romina a correr com todas as nossas forças possíveis, eis senão quando surge a camarada professora, que passou por nós tão rápido que só deu para reparar nessas três coisas (carteira, óculos e saia), mesmo assim eu só reparei na saia e nos óculos, foi a Romina que me disse mais tarde que ela tinha a carteira assim tipo amarrada.

Bem, como eu dizia, a professora apareceu-nos do lado esquerdo, muito rápida, a olhar para a frente e com a cabeça virada um pouco para cima (foi a Romina que disse), mas o segredo dela estava no modo como usava as pernas pra correr, meu Deus!, deixa-me ver se eu consigo explicar: enquanto a perna boa tocava no chão com toda força, mas também com uma força que parecia que ia resultar num salto, a perna mais fina dava duas simulações no ar, tipo que ia tocar o chão mas sem tocar, enquanto a perna boa voltava a tocar com força no chão, tão rápido, tão forte, que eu só devo ter visto a perna boa tocar umas quatro vezes no chão antes de ela desaparecer do outro lado do muro — eu e a Romina quase nos desconcentrávamos na nossa correria. Aquilo devia ser uma técnica secreta para correr com rapidez em situações de medo, mas que eu consegui ver porque ela tinha puxado a saia bem para cima, eu nunca vou me esquecer daquela perna fininha a dar duas voltas de balanço ou de avanço, enquanto a perna boa tocava no chão e lhe fazia correr. As pessoas me perguntaram se ela tava aos saltos, eu não sei explicar, acho que ela tava a correr, mas a verdade é que ultrapassou-me a mim, à Romina e a mais três, saltou o muro sem pôr as mãos na parede, esticando para o lado a perna boa e recolhendo a fininha com o braço.

Eu já vi pessoas correr com vontade, por causa de kibídi de cão; já vi aleijado correr por nervosismo; já soube de gatuno que saltou dum quinto andar; ouvi dizer que havia um miúdo cambuta que batia mais velhos grossos, mas o que é certo é que quando eu e a Romina saltámos o muro já não vimos a camarada professora de Inglês. Quase íamos sendo atropelados a atravessar a Avenida Ho Chi Min, e como estava ainda muita, mas muita gritaria na escola, fomos a correr sem falar, e só parámos já na Rádio Nacional. A Romina estava a sorrir, acho que era porque o Caixão Vazio não tinha nos apanhado, mas eu não conseguia tirar da cabeça a imagem da professora a correr àquela velocidade, a nos ultrapassar e saltar o muro da escola sem tocar em nada.

— Porra... — foi a primeira coisa que eu disse —, *aquela professora corre!*

Como estávamos perto da minha casa, disse à Romina que podíamos descer a rua, e ela telefonava para a mãe dela. Já estávamos mais calmos, encontrámos a Eunice no caminho, ela viu-nos suados, perguntou: *tão a vir da escola a essa hora?* Eu olhei para ela com cara séria. *O quê?! Não me digas que foi o Caixão Vazio?*, ela fez cara de medo. *Nem mais!*, respondi.

— *E quantos eram?*
— *Não sei, não sei mesmo, mas tava toda gente a correr, nós só tivemos tempo de agarrar as mochilas e correr também...*
— *Por isso é que eu vi uma aleijada a correr à toa, ali em cima* — a Eunice falou.
— *É a nossa professora de Inglês* — a Romina disse.
— *Ché, e ela corre assim tipo gazela?* — a Eunice também estava espantada.
— *Ó duvidas?!* — a Ró riu.

Não sei que horas eram, mas naquela altura, do terraço da minha casa, via-se o pôr-do-sol. Não havia sumo, fomos com uma garrafa de água para o terraço. Ficámos ali a conversar um bocadinho. Eu e a Romina éramos amigos há muito tempo, mas não conversávamos muito, até porque na escola se um rapaz está toda hora a conversar com uma rapariga, assim já vão dizer que ele quer engatar, que tá a dar xaxo, ou então, que é pior, dizem que é um rapaz que só quer andar com meninas.

— *Tu viste como é que ela corria?* — ela.
— *Vi, Romina... E acho que nunca tinha visto... Amanhã se nós contarmos eles vão dizer que é mentira.*

— Pode ser que mais alguém tenha visto.
— Não, Romina, com aquela poeirada... nós é que estávamos atrás dela... Tu já tinhas visto alguém correr assim tão rápido?
— Eu não, nunca tinha visto...
Ficámos assim cada um a recordar aquele momento. Para mim tinha sido bom, agora que tudo tinha passado, termos corrido juntos. Claro que era só um pensamento, mas de algum modo acho que essas coisas ficam assim guardadas no coração das pessoas, e se eu e a Romina já éramos muito amigos, o termos fugido juntos do Caixão Vazio era mais uma coisa só nossa. Não falámos sobre isso, mas naquele dia, naquela tarde com o sol ali a fazer o momento ficar ainda mais bonito, acho que ficámos muito mais amigos.
— *Tás a ouvir?! Achas que o camarada professor ficou lá?* — ela me sacudiu.
— *Hum? Não sei, se calhar ficou lá a lutar com carteiras e giz contra as akás do Caixão Vazio... Esses camaradas cubanos também têm cada uma...!*
— *Tu sabes que eles são militares?* — ela.
— *Sei, sei, mas um militar não aguenta com um camião cheio de homens com aká.*
— *Pois, mas eles como são militares têm sempre essa coisa de combater. Mesmo assim eu acho que eles são corajosos...*
— *Yá...* — eu olhava o sol já quase escondido.
— *Já viste o que é, vir para um país que não é o deles, vir dar aulas ainda vá que não vá, mas aqueles que vão pra frente de combate... Quantos angolanos é que tu conheces que iam para Cuba lutar numa guerra cubana?*
— *Eu não conheço nenhum...*

— *Eu acho que eles são muito corajosos... Nunca ouvi nenhuma estória de cubano que estivesse a fugir do combate...* — a Romina parecia bem informada, eu não quis ficar atrás.

— *Nem pensar, até bem pelo contrário, toda gente sabe que eles são bem corajosos...*

Vieram nos chamar, a mãe da Romina estava lá em baixo. Peguei nos copos, na garrafa, ainda passámos pela cozinha para lavar os copos, enquanto a Romina enchia a garrafa com água fervida pra pôr na geleira. *Esta é que é a cozinha do camarada António, né?*, a Romina disse aquilo para eu acrescentar qualquer coisa, mas não me apetecia acrescentar nada. *É esta, sim..., a cozinha do camarada António.* Mas ela fez uma cara quieta, à espera de mais qualquer coisa. *Aqui quem manda sou eu, menina*, eu imitei a voz do camarada António, e a maneira dele andar quase tipo Charlot, e ela sorriu, sorriu.

— *Então, como é que foi esse combate?* — perguntou a mãe da Romina, que já sabia do acontecido.

— *Foi normal...* — eu respondi.

— *Mas houve combate ou não?*

— *Nada... Nós mal ouvimos os gritos, só abrimos...* — a mãe da Romina riu. — *Já só parámos na Rádio Nacional.*

— *Isso é que foi correr, aposto que nem olharam antes de atravessar as estradas...* — ela. Eu e a Ró só rimos.

Ficou combinado fazermos um lanche na casa da Romina, onde todos iam poder falar do acontecido, assim íamos pôr todas as versões na mesa, a dos alunos e até a dos professores, porque a Romina fazia sempre questão de convidar os camaradas professores.

À noite o assunto era só esse, do Caixão Vazio. Era espantoso, a minha irmã mais velha não tinha medo que eles fossem à escola dela, porque já tinham ido à minha. *Pensas que a minha escola é como a tua, não? Se eles forem lá, os meus colegas dão-lhes uma carga de porrada!* Não sei, podia ser, o Kiluanji tinha gajos grandes, alguns mesmo, dizem, andavam com pistola e tudo, mas mesmo assim, Caixão Vazio era Caixão Vazio!, olha só o que tinham feito na minha escola, até uma professora aleijada teve que correr, isso não se faz...

Foi um bocado complicado explicar à tia Dada toda essa estória do Caixão Vazio, porque como eu não tinha visto grande coisa, aliás, como eu não tinha visto nada, não lhe podia dizer quem eram, ou como eram, ou o que tinha acontecido, porque, lá está, tudo isso só ia se saber no dia seguinte.

Como estava cansado e tinha que acordar cedo, fui-me retirar.

Té manhã a todos!, despedi-me.

às vezes numa pequena coisa pode-se encontrar todas as coisas grandes da vida, não é preciso explicar muito, basta olhar.

Acordei outra vez bem-disposto, porque eu adorava ir aos comícios, aos desfiles.

Bom dia, camarada pai!, disse a brincar, porque o camarada António ainda não tinha chegado. *Bom dia, camarada filho!*, respondeu-me, bem-disposto como sempre de manhã ele estava. Já havia leite aquecido, a mesa tinha sido posta na noite anterior, abri a janela grande da sala, e assim a claridade entrou naquele espaço, como se fosse alguém desconhecido que entra num sítio também desconhecido e tivesse aquela curiosidade de espreitar.

Do meu lugar eu via a chávena à minha frente, o fumo que saía da chávena, sentia o cheiro do pão torrado, o cheiro da manteiga a derreter nele, via do lado direito as barbas do meu pai, os óculos dele, e ouvia o som lá dentro da boca a mastigar a torrada, *trrruz, trrruz*, mas o mais bonito era ver ali em frente o abacateiro. Vocês sabiam que o abacateiro também se espreguiça?

— *Pai, já reparaste que de manhã, quando nós abrimos esta janela, ficamos aqui a conversar, o abacateiro estremece todo?*

— *Sim, filho, estremece com o vento...*

— *Sim, mas porquê que não estremece antes de abrirmos a janela? Agora te apanhei...*

— *Ele abana antes de abrires a janela, filho, tu é que não podes vê-lo.*

— *Então ele só abana quando eu abro a janela... E não se abana, pai, não é bem abanar...*

— *Então é o quê?* — fez-me um sinal com o dedo para eu começar a comer a torrada.

— *É espreguiçar... O abacateiro está a espreguiçar-se...* — ao dizer "espreguiçar-se" eu afinei, como fazem os tugas, porque o normal era eu dizer "a se espreguiçar".

Pela janela enorme entrava luz, entrava o som dos passarinhos, entrava o som da água a pingar no tanque, entrava o cheiro da manhã, entrava o barulho das botas dos guardas da casa ao lado, entrava o grito do gato porque ele ia lutar com outro gato, entrava o barulho da despensa a ser aberta pela minha mãe, entrava o som de uma buzina, entrava uma mosca gorda, entrava uma libélula que nós chamávamos de helibélula, entrava o barulho do gato que depois da luta saltava pro telheiro de zinco, entrava o som do guarda a pousar a aká porque ia se deitar, entravam assobios, entrava muita luz mas, acima de tudo, entrava o cheiro do abacateiro, o cheiro do abacateiro que estava a acordar.

— *Pai, hoje é feriado, se tu não vais ao comício, porquê que não acordaste mais tarde?* — mordi a torrada, finalmente.

— *Porque gosto de acordar cedo!* — acendeu um cigarro.
Pus a mochila nas costas, o meu pai veio abrir-me a porta. *Bom dia, menino*, ouvi a voz assim a vir da trepadeira, assustei: era o camarada António!
— Bom dia, camarada António!
— *Assustou, menino?* — ele a rir.
— António, hoje é feriado, vieste fazer quê?
— *Vim passear, menino... Acordo cedo todos dias.*
— Poça, António... — eu, em espanto. — Em vez de aproveitares para dormir... E hoje vieste mesmo a pé, ainda não há candongueiros acordados a esta hora...
— *É vinte minuto, menino, vinte minuto a pé...*
— Bom, então até à hora do almoço — despedi-me.
— *Vai ver o camarada presidente, menino?*
— Yá, vou ao comício no 1º de Maio, mas a concentração é na escola.
— *Té logo então, menino...*
— Té logo, António.
Passei na casa do Bruno Viola, mas ele não estava pronto ainda. Fui.
Com aquilo tudo eu estava atrasado já. E queria ver se ainda dava para falar um bocado com o Cláudio ou com o Murtala sobre os acontecimentos do dia anterior, podia ser que eles tivessem visto mais coisas que eu. O Murtala era sempre de desconfiar, porque sempre tinha a mania de aumentar muito as estórias, quer dizer, toda a gente que eu conheço aqui em Luanda aumenta estórias, mas o Murtala, como dizia a Petra, era abusivo: uma vez apanharam um jacaré na Ilha, o Murtala disse que uma baleia tinha ficado encalhada na baía de Luanda. Se ele tivesse visto um desafio

de futebol e ninguém soubesse o resultado, de certeza que o Murtala ia aumentar para aí uns sete golos, vinte e duas faltas, duas expulsões e lesão no próprio árbitro, o Bruno até lhe aconselhou bem: *quando queres baldar, balda só devagar, assim pode ser que vamos te acreditar!*

Eu estava mesmo atrasado, até já estavam as turmas formadas por filas, a camarada professora Sara viu-me chegar e fez aquela cara dela de má. Estávamos todos direitinhos, em sentido, passaram revista aos lenços, quem não tinha lenço podia voltar pra casa, aquilo era o desfile do 1º de Maio, dia internacional do trabalhador, não admitia crianças sem o fardamento completo. Começámos: *Ó pátria nunca mais esqueceremos/ os heróis do 4 de Fevereiro...*, mas tanto eu como o Cláudio estávamos só à procura de vestígios. Como era possível que a escola estivesse assim intacta (esta também aprendi com a Petra) depois do ataque do Caixão Vazio? Nem havia marcas de pneu no chão, nem havia buraco de bala na parede, e todas as professoras e professores estavam presentes, o que inclui já o professor de Química, que estava bem concentrado embora não soubesse o hino todo, e a veloz (acho que posso dizer aqui esse termo) camarada professora de Inglês.

Quando o hino acabou, a camarada diretora explicou rapidamente que íamos a marchar até ao Largo 1º de Maio, que não queria desordem nas filas nem ninguém a correr (pra evitar a catinga), que depois íamos juntar-nos à concentração geral das escolas no largo e depois então se veria a ordem do desfile. Ah!, e ainda, quem quisesse ir fazer chichi que podia, mas cocó já não, porque não tínhamos tempo. De qualquer modo, nunca ninguém fazia cocó na escola porque a escola não tinha casas de banho, não sei pra quê aquela conversa com essa palavra que ela nem devia dizer assim antes de um comício.

A Romina olhou para mim e deu-me o toque, com os olhos, para eu olhar para as escadas. Era ela, era a camarada professora de Inglês, a andar devagarinho de um lado para o outro. *Quem te viu e quem te revê*, a Romina disse baixinho, e eu percebi logo que aquela dica era para mim.

O Murtala tinha uma ligadura no tornozelo, reparei depois, quando já tínhamos começado a marchar para o Largo 1º de Maio. Isso só podia ser bom sinal, alguma coisa tinha mesmo acontecido. Ele não olhava para mim, nem para o Cláudio, percebi que não queria conversas, muito menos perguntas. Quando o Cláudio quis falar com ele, ele armou-se em parvo e chamou a camarada professora Sara, que ralhou no Cláudio. O Cláudio fez-lhe um muxoxo que se ouviu até lá atrás na fila, e eu achei muito bem, esse Murtala tava armado em queixinhas não sei porquê, palerma.

No largo, uma camarada do Ministério da Educação veio distribuir bandeirinhas vermelhas, amarelas, umas do país, outras do MPLA. Olhei as tribunas a ver se descobria o camarada presidente, mas ainda távamos muito longe, só deu pra ver que estava cheia a tribuna, e havia militares por todo lado lá em cima, e nas ruas também, se calhar o camarada presidente ainda não tinha chegado. Toda gente tinha bandeirinhas, as mamãs da OMA, os jovens da "jota", os piôs da OPA, os camaradas trabalhadores, o povo que tinha vindo assistir, aquilo tava cheio de cores e muita agitação, também porque o camarada do microfone é que ficava a aquecer as pessoas:

— *Um só povo uma só...?* — ele.
— *... NAÇÃO!!!* — nós berrávamos a sério, aproveitávamos sempre para berrar.
— *Um só povo uma só...?*
— *... NAÇÃO!!!*
— *A luta...?*
— *... CONTINUA!!!*
— *A luta...?*
— *CONTINUA!!!*
— *Mas a luta, camaradas?* — ele também berrava, tipo tava contente.
— *CONTINUA!!!!!!!!!!!!*
— *E a vitória...?*
— *É CERTA!!!*
— *A vitória...?*
— *É CERTA!!!*
— *O MPLA é o povo...*
— *E O POVO É O MPLA!!!*
— *O MPLA é o povo...*
— *E O POVO É O MPLA!!!*
— *Abaixo o imperialismo...*
— *ABAIXO!!!*
— *Abaixo o imperialismo...*
— *ABAIXO!!!*
— *Obrigado, camaradas...*

Uns já tavam a ficar roucos, mas nós adorávamos aquela hora de ficar a responder assim aos berros. Ouvimos as sirenes, os mercedes a chegarem lá ao longe, agora sim, era o camarada presidente. O povo gritava, batia palmas: *DOS SANTOS... AMIGO... O POVO ESTÁ CONTIGO... DOS*

SANTOS... AMIGO... O POVO ESTÁ CONTIGO..., só o Murtala parecia que nem estava com vontade de fazer confusão. Aproximei-me dele, ofereci água do meu cantil.
— *Queres uns coche?* — tirei a tampa.
— *Não, não vou beber do teu cantil...*
— *Porquê?* — dei um golo.
— *Porque tu tens asma.*
Uma vez, há muito tempo, tinha sido ao contrário, a Petra não me tinha deixado beber no cantil dela por causa da asma também, mas o Murtala, eu sei que ele não tinha desses truques, devia estar chateado mesmo. *Então pronto, depois num pede!*, avisei logo.

As escolas começavam a fazer formação outra vez, os mais baixos à frente, os grandalhões lá para trás. *DOS SANTOS... AMIGO... A OPA ESTÁ CONTIGO... DOS SANTOS... AMIGO... A OPA ESTÁ CONTIGO!*, foi assim que nós berrámos quando passámos mesmo em frente ao camarada presidente, ele estava de pé, a bater palmas e a rir, era tanta gente a gritar que ele não devia ouvir os nossos gritos de crianças.

Aquilo é que era uma tanta gente, dava medo, se acontecesse ali alguma coisa, não sei, por exemplo, uma bomba, ou mesmo o Caixão Vazio, muita gente ia morrer ali atropelada por atropelamento de pessoa que, às vezes, é um dos piores atropelamentos que existe. É verdade, é triste, mas uma pessoa pode atropelar outra pessoa.

Do lado direito estavam os jornalistas, tiravam fotografias de vez em quando só, acho que era para poupar os rolos. Alguns estavam já a desfazer a formação, só para ficarem mais perto das câmaras de foto ou da televisão, disseram também que vinham camaradas da televisão soviética para filmar o desfile, só se eles estavam muito bem escondidos porque eu não vi soviéticos nenhuns.

Com um microfone na mão, um gravador no ombro, estava a Paula, também ria enquanto corria ao lado de um camarada professor, acho que estava a entrevistar. Gritei *Paula, Paula!*, mas estávamos muito à frente, ela não me ouviu. Depois de passar em frente à tribuna, andámos mais um bocadinho e a nossa escola estacionou ali, porque a camarada diretora disse que iam nos dar bolacha e sumo, mas não veio ninguém. Já sei, deve ter sido aquilo da falta de verba, porque foi por isso que este ano não fizeram desfile dos carros alegóricos, se calhar foi por isso também que convocaram tantas escolas, para ver se o desfile ainda ficava bom mesmo sem os carros alegóricos, mas para mim, para dizer a verdade, um desfile do dia 1º de Maio sem carros alegóricos não é a mesma coisa, pro ano que vem, se me chamarem na Rádio Nacional outra vez, vou dizer isso mesmo, não quero saber lá da folha carimbada que já vem com tudo escrito.

Como nunca mais aparecia nem sumo nem bolachas, a camarada diretora mandou desmobilizarmos, assim cada um podia ir pra sua casa já. Mas nós tínhamos combinado ir para a escola pôr a conversa do Caixão Vazio em dia, e mesmo que não nos víssemos no caminho, que nos encontrávamos na escola depois do comício.

Foram chegando, as meninas, como sempre, juntas, Petra, Romina, e até a Luaia, eu e o Bruno, o Cláudio depois já com bué de bolachas e dois sumos, mas não quis dar a ninguém, sempre invejoso esse miúdo. Disse assim: *desculpem lá, mas como diz o meu primo, a minha fome está muito categó-*

rica!, lá que devia ter categoria devia, porque comeu tudo sem que ninguém conseguisse caçumbular uma migalha que fosse.

— *Mas falta o Murtala* — alguém pôs.
— *Ele num vem...* — o Cláudio avisou de boca cheia.
— *Não vem como, se combinámos aqui...*
— *Tou ta dizer que ele num vem... Eu lhe vi a ir pro outro lado, ali pra cima...*
— *Ele hoje tava estranho... Tu não achaste, Cláudio?* — perguntei.
— *Yá, um coche...*
— *Nem quis beber água que eu lhe ofereci.*
— *Também...* — o Cláudio começou a rir. — *Água com asma...*
— *Ouve lá, meu palerma... Já viste água tossir?*
— *Eu não.*
— *Então pronto, num fala à toa...*

Fomos para perto da nossa sala de aulas, tudo estava na mesma, as carteiras estavam lá, não havia manchas de sangue nem chucha nenhuma pendurada no quadro. Sentámos ali fora, naquele muro baixinho que dá para o pátio. O ar não cheirava a nada, estava tudo calmo embora se ouvisse, lá longe, os barulhos do resto da multidão do Largo 1º de Maio.

Então, as falas do Cláudio: *eu fui dos primeiros a sair da sala. Quando a Isabel tirou o camarada professor do caminho, eu só fui já atrás dela, nem olhava pros lados nem nada, tinha medo de ver algum homem com aká na mão e ficar parado com o medo. Desatei a correr atrás dela, tou-vos a dizer, era o melhor a fazer, porque a Isabel abria caminho com cotó, eu mesmo vi duas miú-*

das caírem porque a Isabel tinha lhes empurrado. Eu fui sempre atrás dela, saltei o muro depois dela, fui em direção ao Largo 1º de Maio e só parei já no Cine Atlântico, sem nunca olhar para trás. Lembro-me que ouvi o barulho do tal camião, mas eu já tinha saltado o muro, aí pensei que tava safo mesmo, aqueles cabrões a mim já não me apanhavam. Quando parei e olhei em direção à escola, vi todo mundo a correr e a gritar, e pensei que mais valia ir diretamente pra casa.

As falas da Petra: *eu não me lembro como é que saí da sala, porque estava uma confusão tão grande que nem conseguia pensar. Todo mundo me empurrava na direção da porta, e vi o camarada professor ser empurrado contra os arames, embora continuasse a gritar que tínhamos de combater, e que não valia a pena fugir do inimigo, mais valia enfrentar com as armas disponíveis. Eu comecei a ficar irritada quando o Célio veio lá de trás, estava a empurrar todo mundo, a tentar passar por cima dos ombros das pessoas como se ele tivesse mais pressa que os outros, aí fiquei mesmo irritada, olha, podem não acreditar, mas lhe enfiei uma galheta que ele pôs-se logo na fila pra fugir, quer dizer, mesmo pra fugir tem de haver alguma organização, não pode ser assim à toa. Mas digo-vos, essa galheta foi a minha sorte, porque foi ele mesmo que me empurrou para eu saltar o muro, não sei se foi por pena ou se pra me apalpar, mas a verdade é que sem a ajuda dele eu não ia conseguir saltar aquele muro. Corri em direção ao largo também, e assim que encontrei um camarada polícia fiquei ao pé dele e só reparei que tinha a mochila rebentada quando ele me perguntou se eu estava a chorar por causa da minha mochila estar rebentada.*

As falas do Bruno: *eu fui um dos que vi o camião levantar poeira lá longe, mas pra dizer a verdade, não deu pra perceber se era um ural ou não. Lembro-me que vinha com muita velocida-*

de, e que só tive tempo de gritar o primeiro grito porque quando quis pôr o segundo grito já a escola toda estava a gritar. Peguei na mochila, saltei por cima do Filomeno que acho que caiu, e a última coisa que vi antes de sair da sala foi a cara da Luaia, parecia tava a se afogar, e ficou lá encostada no canto, o que se calhar ainda era pior, porque sempre se sacudia ali o apagador. Quando apanhei a rampa do pátio queria correr com toda a velocidade que eu tinha nas pernas, mas escapei começar a rir, e não era de medo nem de nervoso, foi porque vi a camarada professora de Inglês levantar as saias tipo que ia fazer chichi, mas tudo isso sem parar de correr, e olha que não dá pra explicar como é que ela ia correr, até porque eu não vi, não cheguei de ver, quando ela arrancou desapareceu no meio da poeirada e quando eu consegui atravessar o muro ela já não estava. Atravessei o Largo das Heroínas sem olhar para os carros, e quem estava à minha trás, um vizinho meu, disse que escapei ser atropelado por um vox váguen, mas eu não vi nada, juro, só parei de correr quando cheguei à porta do meu prédio, e ainda levei chapada da minha mãe porque ela já me tinha dito pra eu não andar a correr assim à toa que ficava suado e sujo, e quando respondi que era por causa do Caixão Vazio, ainda comi outra chapada por estar a mentir; fiquei sem saber o que fazer.

As falas da Luaia: *eu lembro-me muito bem de te ver passar por mim, Bruno, mas eu não tava caída no canto, foste tu que me empurraste e eu fui parar com o nariz na caixa do giz, onde também estava o apagador. Mas não faz mal, acho que desde os primeiros gritos já estava mesmo com asma, e achei melhor deixar-me estar ali, de modo que enquanto todos vocês corriam, eu fiquei caída no chão, portanto não posso dizer que vi alguma coisa porque não vi nada. Ouvi a gritaria toda lá fora, e estava a morrer de* medo que depois da gritaria começassem os tiros, ou que eles viessem então me buscar. Tinha também medo que eles não encontrassem nenhuma professora e me quisessem violar a mim, o pior era que depois iam me tirar a chucha e pregar no quadro. Mas acho que estava com tanto medo e com tanta falta de ar que desmaiei, e quando acordei já tava no gabinete da camarada diretora, e quem estava lá era a camarada professora Sara e o camarada professor de Química.

As falas do Ondalu: *como eu estava sentado com a Romina, assim que houve espaço saímos a correr, também no meio da multidão. Eu tava com medo é de cair, ou então que depois de conseguir correr e saltar o muro, eles já tivessem feito o cerco por fora. Eu não vi camião nenhum, nem poeira nenhuma, acho que comecei a correr lá na sala quando foi esse tal segundo grito do Bruno, que se calhar já era mesmo o grito geral da escola. Só quero é dizer uma coisa, vocês podem não acreditar, mas a camarada professora de Inglês, para quem não viu deixa já vos dizer: podia ser campeã olímpica de Angola a nível internacional... Ela ultrapassou-me a mim e à Romina com uma tal velocidade que quando eu olhei ela já tava a saltar o muro, e podem acreditar, juro aqui com sangue de Cristo, pela alma do meu avô que tá debaixo da terra, ela saltou o muro sem tocar no muro, só pôs uma perna assim para o lado e com a mão pegou na perna aleijada e recolheu assim tipo que estava a coçar na coxa, se não acreditam perguntem na Romina que também viu...*

As falas da Romina: *eu saí da sala com ele, mais ou menos atrás da Isabel, só não sei como é que não vimos o Bruno, mas lembro-me muito bem de te ouvir a rir, e desculpa lá, Bruno, mas já que tamos aqui a contar as coisas assim com verdade, acho que o teu riso era mesmo de medo, ou pelo menos de nervosismo, ad-*

mite só, também não era para menos, era o próprio Caixão Vazio que tava a vir para a escola... A verdade é que no meio da poeira, nós távamos a correr na direção daquele buraco no canto da escola, quando a camarada professora-foguete passou por nós, aquilo não dá muito bem para explicar, ontem já conversámos sobre isso, aquilo é só de se ver, a corrida era uma mistura da velocidade do leopardo com o salto da gazela, tudo tão rápido que quando nós saltámos o muro a camarada professora já não estava lá... Atravessámos essa avenida aí, passámos pelo prédio do Partido ainda a correr e só parámos na Rádio Nacional, mas como tínhamos as nossas mochilas connosco decidimos que era melhor não voltar mais aqui.

Depois a conversa misturou-se já, ninguém respeitou mais a vez de ninguém, todos falavam ao mesmo tempo e cada um queria aumentar qualquer coisa na versão dele.

Eu estava assim um bocado desiludido porque afinal nenhum de nós tinha visto o camião, ou sequer um homem vestido de preto, ou pelo menos ouvido um tirozinho, ou, pelo menos isso, hoje termos encontrado algum vestígio (esta aprendi na TV), uma gota de sangue que fosse ou uma cápsula de bala. Nada. Nada.

Que irritante!, pensei, assim nunca mais se sabia nada, eu ia voltar outra vez para a minha rua sem ter nada para contar, alguns iam começar já a dizer que era tudo invenção, e que o Caixão Vazio não tinha nada estado na minha escola. Mas alguma coisa ainda me dava para desconfiar: porquê que o Murtala estava chateado e tinha aquela ligadura no pé? Porquê que a camarada professora de Inglês hoje estava a andar tão devagarinho? Como é que o camarada professor de Química não nos disse nada hoje, mas tava com um sorriso assim tão fresquinho? E porquê, ai que irritação!, que só tinham vindo pessoas que não tinham visto nada? Até a parva da Luaia fez o favor de desmaiar, quer dizer, ela nem sabe se foi violada ou não, coitada.

O grupo desmobilizou, claro, não havia mais nada a fazer. Vieram buscar o Cláudio num jipe militar, a Petra aproveitou, apanhou boleia. A Luaia foi para a sala de aulas ver se encontrava os tais ganchos do cabelo que lhe tinham oferecido de prenda de anos no próprio dia do Caixão Vazio, e o Bruno foi a correr pra casa porque já estava atrasado para a hora do almoço, a Romina ainda lhe avisou para ele não ir a correr senão a mãe dele ia se zangar.

— *Estás triste?* — a Romina perguntou, enquanto íamos começar a atravessar a avenida.

— *Não...*

— *Mas tás com uma cara...* — ela, meiga.

— *Eu não gosto de despedidas, sabes... Hoje estávamos ali no Largo 1º de Maio e depois do comício comecei a pensar nisso...*

— *A pensar em quê?*

— *Que as coisas sempre acabam, Ró.*

— *Mas tás a falar de quê?*

— *De tudo... Por exemplo aquela alegria, aquela gritaria ali com o hino e as palavras de ordem, tudo isso acaba, né, as pessoas vão para casa, separam-se...*

— *Não fiques assim.*

— *Não... não é isso... Vês, agora temos mais algum tempo de aulas, depois já são as frequências finais, depois as pessoas vão de férias, depois há pessoas que não voltam, mudam de turma, é sempre assim, Ró, as pessoas acabam por se separar...*

— *Tás assim por causa do Bruno?* — ela afinal sabia.

— *Tu já sabias que ele vai embora pra Portugal?*
— *Sim... Mas é por causa disso que tás triste?*
— *Não é só isso, Ró, isso é só o começo... Todos os anos saem pessoas das turmas, é normal, mas eu não consigo me habituar...*
— *Eu sei como é isso, quando vamos de férias eu também sinto um mambo assim esquisito...*
— *É..., uma pessoa passa o ano todo a refilar com os professores, a querer férias, mas depois as férias é que mudam as pessoas, outros já não voltam, as brincadeiras nunca mais são as mesmas, e o pior não é isso, Ró...*
— *É o quê?* — ela, meiga.
— *Quando mudarmos mesmo de escola, mais tarde, ou quando acabarmos a décima primeira, aí nunca mais vamos nos ver, nunca mais vamos ver os nossos colegas...*
— *Mas há sempre outros colegas.*
— *Não, Romina, não existem "outros" colegas... Tu sabes muito bem quê que eu estou a falar. Esta turma, mesmo saindo e entrando pessoas, esta turma é a "nossa" turma, tu sabes de quem eu estou a falar... E essa turma está a acabar, não sentes isso?* — eu não queria olhar para os olhos dela, tinha medo.
— *Estás triste?* — ela, sem saber se me abraçava.
— *Não sei... Sabes, quando as despedidas começam nunca mais param, nunca mais param...*
— *Mas tás a falar de quê?*
— *De nada, de nada... Sabes o que a minha avó diz, Ró?*
— *Não... O quê que ela diz?*
— *Que quando vivemos os melhores tempos da nossa vida, nós nunca nos apercebemos...* — aí olhei para ela. — *Mas eu acho que não é bem assim...*
— *Então?*

— Eu sei perfeitamente que estes são os melhores tempos da nossa vida, Romina... Estas correrias, estas conversas que nós temos aqui no pátio, mesmo cada um a aumentar assim a versão dele — aí eu sorri.
— Mas sempre vão acontecer mais coisas, né? — ela olhou para o relógio.
— Sim, claro, vão acontecer outras coisas... — olhei para ela.
— Mas estás triste? Hum?
— Um bocadinho, Ró, um bocadinho...

Fizemos tchau, cada um ia na direção da sua casa, era mesmo aquilo que eu estava a dizer, às vezes numa pequena coisa pode-se encontrar todas as coisas grandes da vida, não é preciso explicar muito, basta olhar.

O fim dos anos letivos era sempre uma coisa muito chata para mim porque ficava com saudades dos meus colegas, das nossas brincadeiras, até dos camaradas professores, até das palavras de ordem, até de cantar o hino, até de ir ao quadro, até da limpeza geral da escola, até de jogar estátua nos corredores embora quando se levasse uma bem esquentada as costas ficassem a arder, ou jogar estica até sermos apanhados pelo camarada subdiretor e levarmos todos duas reguadas em cada mão, tudo isso, era uma só coisa que um dia destes ia mesmo acabar.

Nesses dias, quando me acontecia não conseguir evitar pensar nessas coisas, ficava muito triste, porque embora ainda faltassem muitos anos para o fim dos anos letivos, um dia eles iam acabar, e os mais velhos não fazem indisciplina na sala de aulas, não apanham falta vermelha, não dizem disparates na sala de aulas com professores cubanos que não entendem esses disparates, os mais velhos não aumentam automaticamente as estórias que contam, os mais velhos não ficam assim um monte de tempo a falar só das coisas que uma pessoa já fez ou gostava de fazer, os mais velhos nem sabem uma boa estiga!

Isso de ser mais velho deve masé dar muito trabalho.

II

> *aqui em Angola já não dá pra duvidar que uma coisa vai acontecer...*

Era de noite, estávamos a conversar na varanda, a tia Dada e eu. Ela estava a contar-me como tinham sido as férias dela em Luanda, as coisas que ela tinha feito, os sítios que tinha ido enquanto eu estava nas aulas. Ela ia-se embora no dia seguinte, e já há alguns dias que não falávamos, então estávamos mesmo a pôr a conversa em dia, mas, claro, naquele caso era pôr a conversa na noite.

Noite tem cheiro, sim.

Pelo menos aqui em Luanda, na minha casa, com este jardim, noite tem cheiro. Eu já vi na televisão umas plantas que só abrem de noite, eu chamo-lhes plantas-morcego, e eu não sei se aqui neste jardim tem planta-morcego, mas que a noite traz outros cheiros para esta varanda, lá isso traz.

Se isto que eu vou dizer existe, então aquela noite tinha um cheiro quente, que pode ser uma coisa, imaginem, onde se ponha rosas muito encarnadas, folhas de trepadeira com um bocadinho de poeira, muita relva, barulho de grilos, barulho de lesmas a andar em cima da baba, barulho de gafanhotos, um só barulho de cigarra, um cacto pequeno, fetos verdes, duas folhas grandes de bananeira e um tufo enorme de chá de caxinde, assim tudo bem espremido, eu acho que ia sair o cheiro desta noite.

— *Cheira tão bem aqui...* — a minha tia disse.
— *São as plantas-morcego...*
— *Que plantas são essas?*
— *São plantas que gostam mais de existir de noite, assim como os morcegos...*
— *Ahn...* — ela cheirou o ar. — *E aqui também há mosquitos-morcego, são aqueles que gostam muito de morder de noite...* — rimos juntos, ela teve piada.
— *Tia...*
— *Diz, filho.*
— *Tu sabes porquê que os mosquitos picam tanto?*
— *Não, filho, porquê que eles picam tanto?*
— *É porque têm sede!* — olhei para ela. — *E sabes porquê que têm sede?*
— *Porquê?*
— *Porque, como deves saber, os mosquitos nascem nos charcos de água...*
— *Sim... E?*
— *Então como eles nascem na água, quando estão a voar lembram-se sempre de casa, quer dizer, dessa primeira casa, a água... Então eles mordem-nos à procura de água...*
— *E não encontram...*
— *Sim, mas se não há melhor, bebem sangue...* — expliquei, sério.

— *Quem te contou isso, filho?*
— *Ninguém me contou, tia, eu é que sei...*
Mas de facto aqueles mosquitos estavam cheios de sede, resolvemos ir lá para dentro. Eu tinha que ir arrumar coisas no meu quarto, ela foi comigo.
— *Tia, quando é que voltas cá?*
— *Não sei, filho, não sei mesmo...*
— *Quando vieres cá da próxima vez podes trazer os teus filhos para nós lhes conhecermos?* — eu estava a mexer numa caixa com cadernos antigos.
— *Posso, sim...* — ela pegou num dos cadernos.
— *Esse é um caderno meu da segunda classe, de Língua Portuguesa.*
— *Posso ver?*
— *Podes.*
— *Quem é este Ngangula que tu falas aqui?*
— *O Ngangula, tia, é o Ngangula...!*
— *Mas quem é o Ngangula...?* — ela não sabia mesmo, incrível.
— *Ó tia, não me digas que não sabes quem é o Ngangula?!*
— *Acho que não sei, porquê que não me explicas...*
— *Olha, nunca pensei que em Portugal não conhecessem o Ngangula... Mas tu vivias cá antigamente, não te lembras do Ngangula? Nunca te contaram a estória dele?*
— *Acho que não, filho, não que eu me lembre.*
— *Então, olha, primeiro lê essa redação aí, que é sobre ele... Depois já vais perceber...*
Ela começou a ler, eu fui arrumando outras coisas. Era muito giro mexer nesses cadernos do antigamente, uma pessoa encontrava redações engraçadas que fazíamos na segunda

e na terceira classe, os desenhos bem malaicos da pré-cabunga, as contas armadas de dividir, tudo coisas que agora pareciam muito antigas.

— Então este Ngangula é um herói...
— Pois claro que é, foi torturado, lhe deram bué de chapadas, bué de bicos, mas ele não disse onde era o acampamento dos guerrilheiros...
— Hum...
— Só acho estranho que tu não conhecias o Ngangula, tia, toda a gente sabe, acho que até em Cuba sabem quem ele era...
— Pois, não sei, nunca tinha ouvido falar... E ele era mesmo novinho, não é?
— Era, era ainda candengue...
— E muito corajoso...
— Lá isso é verdade, se essa estória fosse com alguém da minha turma, à segunda chapada até diziam a matrícula do carro do camarada presidente... A sorte é que acho que o carro do camarada presidente nem tem matrícula...

Se calhar íamos conversar muito mais, mas o Bruno Viola estava lá em baixo, disse à minha irmã que tinha notícias quentes para me passar, eu percebi logo que, finalmente, passado quase uma semana, tínhamos apanhado a versão de alguém que tinha visto alguma coisa.

Quer dizer, não havia outra maneira, ia ter que voltar para a varanda, para a mosquitada-morcego, porque o Bruno de certeza tinha que dizer alguns disparates a contar a estória, ou ia ter de gritar para contar alguma cena, e era chato estar lá na sala ao pé dos mais velhos. Quer dizer, isto foi o que eu tinha pensado. Fui lhe abrir o portão:

— Comé, novidades do Caixão Vazio ou quê?

— *Todos mambos, tenho a versão integral, quer dizer, a versão completa!* — ele.
— *Eu sei o que é a versão integral, Bruno. Isso dá no noticiário todos dias.*
— *Epá, vamos só sentar, mô camba, vais ficar de boca...*
— *Ó Bruno, para com esse suspanse, começa só a desbobinar!* — eu já apressado.
— *Assim só?* — ele passou a mão pela garganta.
— *Assim quê? Tás com comichão na garganta?*
— *Assim a seco? Comé então, num faz isso num gajo...*
— *Porra, Bruno, só pra me contares a estória já queres gasosa, né?*
— *Epá, sabes como é que é, a estória assim escorrega melhor...* — engoliu assim o cuspe demoradamente, a exibir a sede, o cabrão.
— *Bom, então espera aí, vou ver o quê que se pode arranjar.*
Claro que o que se arranjava era a minha gasosa do jantar que não ia mais existir no meu jantar. Ainda pus gelo nos copos, e disse à minha mãe que íamos ficar na varanda a conversar.
— *Não é preciso copo, bebo da lata mesmo...*
— *Não!, bebias da lata se fosses beber sozinho, mas como vamos dividir é preciso copos sim.*
— *Bom, serve só.*
— *Vá, começa então...*
— *Epá, tu perdeste!*
— *Sim, já sei que perdi, e todos os meus cambas também perderam porque fomos todos dos primeiros a correr...*
— *Mas tu não sabes o que perdeste, mô ndengue* — deu o primeiro golo.

— *Ndengue é o teu tio... Conta então pá, vou te tirar a gasosa...!* — ameacei.
— *Tu num vais acreditar, mas num teve nenhum Caixão Vazio na tua escola.*
— *Não teve Caixão Vazio na minha escola? Tás a brincar ou quê?* — afinal ele devia ter vindo só pra se patrocinar duma gasosa.
— *Tô ta pôr... Não houve caixão nenhum, nem camião, nem tiros, nem professora violada, nada mesmo!*
— *Oh, mas..., houve pessoas que viram...*
— *Viram, viram...! Viram quê?*
— *Epá, não sei, tavam a berrar bué, acho que viram o camião a vir...*
— *Nada!, num viram camião nenhum, viram a poeira, que era dum carro, mas não era nenhum camião do Caixão Vazio...*
Eu estava mesmo de boca, como o Bruno tinha dito. Então o que tinha sido toda aquela gritaria, quem tinha visto o camião a vir, porquê que a escola inteira desatou a berrar e a correr, e principalmente, como é que tinham pregado um susto daqueles à camarada professora de Inglês que até teve que correr daquela maneira assim supersónica?
— *Epá, isto quem me contou foi um gajo da sala 3, que não conseguiu fugir porque ficou preso numa carteira, então ele viu tudo...*
— *E viu o quê então?*
— *Foi assim: a escola toda começou a correr porque todo mundo estava a gritar, então cada um estava a pensar que alguém já tinha visto o Caixão Vazio mesmo a vir, e ninguém ia esperar para ver se era verdade.*
— *Sim...*

— Yá, então começaram a correr pros muros, a saltar, epá, este gajo estava no chão com a cabeça a espreitar, nem sei como é que não lhe atropelaram a cabeça, que ele tem um nguimbo que mete respeito a muita cabeça grande...
— Sim, Bruno, volta à estória principal, num começa já a aumentar...
— E vou aumentar?! Porra, parece que num confias num gajo... Ouve então: quando já muita gente tinha bazado, a escola ficou calma, calma, só tinha uma pessoa a chorar na nossa sala...
— Deve ser a Luaia — eu interrompi.
— Yá, deve ser ela... Porque o muadiê viu também o camarada professor de Química passar pro lado dos gabinetes dos professores, e disse que ele ia a refilar, que nós éramos uns cobardes, que tinha que se combater e não sei quê mais...
— Sim, continua... — cocei as pernas, os mosquitos tavam a massacrar um gajo.
— E ele também pensou já que tinha tudo acabado quando ouviu mesmo um carro a entrar...
— Ê uê! E era o Caixão Vazio?
— Nada... Tu não vais acreditar...
— Era quem? Fala, Bruno...!
— Era então o camarada inspetor!!!
Desatámos numa gargalhada que até assustou os mosquitos. Coitada da camarada diretora, que vergonha!, tanta preparação para a visita-surpresa, a escola toda limpinha, tudo a postos!, como se costuma dizer, e quando o camarada inspetor chegou lá, estava toda escola a fugir dele. Eu escapei me atirar no chão pra rir melhor.
— Mas espera, ainda não acabou — disse o Bruno.
— Hum, diz...

— *Quando o camarada inspetor perguntou se estava ali alguém, ou bateu as palmas ou quê, apareceu o professor de Química com um ferro na mão, a dizer "muerte a los bandidos! Agárrenme a esos cabrones, victoria o muerte!", e não sei quê mais, a sorte foi que ele também tropeçou e caiu no chão antes de conseguir acertar na cabeça do camarada inspetor...*
— *Ahahahaahahaha* — eu já não conseguia parar de rir, porque além de aquilo ter mesmo graça, eu estava a imaginar a cena toda na minha cabeça.
— *Mas calma, ainda não acabou...* — disse o Bruno.
— Porra, Bruno, tu hoje merecias uma gasosa só pra ti.
— *Epá, podes ir buscar...*
— Num dá, não há mais.
— *Então deixa continuar: antes do professor de Química se levantar, o camarada inspetor enfia-se no carro e arranca... Entretanto, a camarada diretora, que tinha visto lá de cima o carro dele, veio a descer a correr, e foi assim mesmo a correr atrás do carro do camarada inspetor que já não parou, claro, ele tinha medo de levar com o ferro na chipala...*
— *Epá, Bruno, desculpa só: o teu amigo, assim no chão como ele tava, preso mesmo na carteira, viu isso tudo?*
— Epá tô ta dizer, ele tinha bom ângulo de visão...
— *E viu mais o quê?*
— *Epá, acho que só viu já a camarada diretora a ralhar com o professor cubano, a perguntar porquê que os alunos tinham ido embora, e que gritaria tinha sido aquela...*
— *E ele?*
— *E ele...* — o Bruno começou a rir. — *Ele perguntou à camarada diretora como é que era possível que ela conhecesse o tal Caixão Vazio quando nós todos tínhamos medo dele...*

— *Ahahahaahahahah* — ri mesmo com vontade.

— *Quer dizer, o mangas não tinha captado nada de nada, tás a ver, ainda pensou que a camarada diretora era camba do camarada inspetor que tinha sido promovido a camarada Caixão Vazio... Ahahahaahahahahhahaha...* — o Bruno Viola escapou cair da cadeira de tanto rir.

— *Mas Bruno, então e a estória que a Eunice tinha me contado, do dia anterior?*

— *Qual estória?*

— *Então ela não estava aí no portão a chorar, a dizer que o Caixão Vazio tinha cercado o Ngola Kanini?*

— *Ê!, vos baldaram só bem mal...*

— *Porquê que tás a dizer isso?*

— *Ela tinha estado com o damo dela, tinham discutido ou quê, e para a minha mãe num lhe perguntar bem as coisas, ela contou já essa versão do Caixão Vazio.*

— *Ahn, agora é que estou a entender...*

Quer fosse tudo verdade quer não, aquela tinha sido mais ou menos a versão real dos acontecimentos, porque o Cláudio também falou comigo por telefone nessa noite, e tinha ouvido uma versão muito parecida, só que a dele incluía a Luaia a ser tirada da sala de aulas pelo camarada professor de Química, que levava a Luaia no colo até à sala da camarada professora Sara, e de facto era mais ou menos isto que a Luaia tinha contado. Foi também o Cláudio que me explicou a má disposição do Murtala: a verdade é que, no meio da correria, o Murtala caiu uma vez, mas conseguiu levantar-se antes de ser atropelado pelos outros, só que, quando ia saltar o muro, voltou a cair bem mal, aí sim, aleijou-se a sério no tornozelo, e mesmo no meio daquela correria toda, houve bué de gente que tinha visto ele cair e começou a gritar *máaa, máaa, máaa*, quer dizer, a gozarem com ele, e embora ninguém ficasse lá para lhe fazer xuínga na cara ou lhe consumir diretamente, ele quando corria já assim a coxear sabia muito bem que cada um daqueles "más" era mesmo pra ele, de modo que é normal toda aquela má disposição dele, ainda por cima nem aceitou só a minha água, se calhar pensou que eu também ia aproveitar para lhe passar uma estiga mesmo atrasada.

Aumentadas ou não aumentadas, em Luanda era possível acontecerem coisas destas, quer dizer, uma escola inteira se desmobilizar assim em correrias, uns quase sendo atropelados de carro, outros sendo mesmo atropelados por pessoas no pátio, outros desmaiando, e outras ainda, ou melhor, só uma outra, correr tipo lince sem tocar no muro e sem deixar rasto na areia. Ainda por cima, tudo na mesma tarde em que o tal camarada inspetor tinha resolvido fazer a visita, coitado, mas também quem mandou o carro dele fazer tanta poeira e vir tão depressa que todo mundo pensou já que era o Caixão Vazio?

Ê!, aqui em Luanda, não se pode duvidar das estórias, há muita coisa que pode acontecer e há muita coisa que, se não pode, arranja-se uma maneira de ela acontecer.

Porra, aqui em Angola já não dá pra duvidar que uma coisa vai acontecer...

> *todo depende de los hombres, de sus corazones, de la firmeza con que luchen por sus ideales, de la simplicidad que pongan en sus acciones, del respeto que sientan por los compañeros...*
>
> palavras do camarada professor Ángel

Por acaso nessa manhã já não acordei bem-disposto, apesar de ser dia de ir ao aeroporto levar a tia Dada. Isso das despedidas, eu não gosto nada.

Matabichámos cedo porque era preciso ir *fazer o ché kingue*, como dizia o meu tio. Eu avisei logo à tia Dada que era melhor ela alimentar-se bem porque às vezes demorava mais tempo estar à espera de ir para o avião do que viajar até Portugal.

— *Deves estar enganado, filho, porque a viagem são oito horas...* — ela sorriu.

— *Não estou enganado, tia, depois num diz só que eu não t'avisei, yá?*

Eu sabia o que estava a dizer. Fomos levar as malas àquela hora, e só o "ché kingue" demorou três horas, revista malas daqui, embirra com o peso dali, perguntas pra acolá, passaporte pra acoli, enfim, o mesmo de sempre. O voo então era

ao meio-dia, mas lembro-me que às dez da noite foi quando ela seguiu para o avião, que só levantou voo às onze e meia. Dias mais tarde falei com ela ao telefone:
— Você não brinca com a Taag, ouviu? — e ela riu.

Nessa mesma tarde, a Romina cumpriu a promessa do afamado lanche, que estava uma delícia, tudo cheiinho de sobremesas deliciosas e com nomes complicados, passando pela fartura de gasosas, a mousse de chocolate, o bolo de banana, até tinha tanta kitaba mas só consegui atacar três pires. O Murtala não tinha vindo, não sei se era vergonha do vómito da última vez ou vergonha da queda que ainda nem tínhamos lhe estigado em condições. Mas estavam lá os camaradas professores Ángel e María, o Cláudio, a Petra, a Luaia, a Kalí, eu e o Bruno. Estava um bom ambiente, embora devo dizer que continuava no ar aquele cheiro da despedida...
Puseram um filme, e a mãe da Ró, que é muito atenta, trouxe dois pires com compota de morango, um para cada um dos camaradas professores. Era ver aquelas caras: olhavam para o doce a rir, comiam uma colherada, ficavam a chupar o doce na boca, demoravam, olhavam um para o outro, ele e a mulher, a sorrirem por causa de uma compota de morango, eu acho que aquela era uma cena muito bonita, mas não podia dizer a ninguém, senão ia sair estiga.
Era um filme de guerra, e foi a partir daí que o camarada professor Ángel começou a falar dos americanos, que eles baldavam bué, que eles ganhavam sempre nos filmes mas que na realidade também comiam bué de porrada, mas de facto, nós

começámos a dizer, nos filmes americanos o artista era sempre o melhor, nunca acabava o carregador da metralhadora dele, não era como a aká que só tinha trinta balas, uma vez eu e o Cláudio contámos, o muadiê teve dois minutos e meio a disparar sem parar e ainda sobrou uma bala no fim para ele disparar na granada que fazia explodir a ponte, ché, aquele muadiê era craque.

Quando o filme acabou, é que foram elas: eu bem que tinha sentido o cheiro da despedida, porque despedida tem cheiro, vocês sabem, né?, tanto que quando acabou o filme o camarada professor Ángel quase conseguiu recusar o pires de compota que a mãe da Ró lhe ofereceu, porque disse que queria dizer umas coisitas, mas depois lá resolveu comer a compota primeiro e falar depois. Na verdade, ele não quis dizer umas coisitas, quis dizer várias coisas:

Bueno, no resulta fácil decir esto que tengo que decir ahora, y principalmente no quería estropear este ambiente tan bueno que estamos viviendo aquí. Pero ustedes son, de cierto modo, no sólo nuestros alumnos, míos y de la camarada profesora María, sino también grandes amigos nuestros. Y es por eso que la camarada profesora María y yo decidimos que íbamos a darles esta noticia hoy, aquí más reservadamente, y no mañana cuando toda la escuela recibirá esta información.

(A Romina olhou para mim, ela sentiu o cheiro nesse momento.)

Ustedes son jóvenes, pero ya se deben haber dado cuenta de que muchas cosas han cambiado en su país en los últimos tiempos... Las tentativas de acuerdos de paz, la llamada presión internacional, todo eso no pasa sólamente en el telediario, va a pasar de verdad en su país, en sus vidas, en sus amistades... Su país está cambiando de rumbo y eso, como siempre, tiene consecuencias. La revolución, como decia Che Guevara, tiene muchas fases, unas más fáciles y otras más difíciles. Bueno... (tossiu) *lo que les tengo que decir es que dentro de muy poco tiempo, yo, la camarada profesora María, el camarada profesor de Química y tantos otros cubanos que se encuentran aquí, van a regresar a Cuba.*

(Todo mundo espantou, até pararam de mastigar alguns.)

De algún modo, para ser menos difícil, resolvimos decirles esto hoy, también porque aquí estamos en un ambiente más reservado y así podemos conversar un poco sobre sus dudas, sobre el porqué de todo esto. Sobre todo, queríamos decirles, a ustedes que no son más que niños angoleños, a ustedes que son alumnos de una escuela, y a ustedes que son nuestros amigos, que la lucha, la revolución, nunca termina; la educación es una batalla. Sus opciones de formación, bien sean profesores, mecánicos, médicos, operarios, campesinos... también esa opción es una batalla, una elección que cambia el rumbo de vuestro país. Ustedes, concretamente este grupo, así como otros de su clase, son niños inteligentes, bien educados, tienen espíritu revolucionario y les hemos visto trabajar por el bien colectivo, bien sea a la hora de dar una explicación a un compañero, bien a la de ayudar al profesor a controlar los trabajos de casa.

(Nós estávamos bem espantados... Espírito revolucionário? Eu nem sequer gostava de acordar cedo, todos nós cabulávamos em quase todas as frequências...)

El bien que se hace a otra persona, el bien que se hace al país, a la sociedad, está en sus corazones, nace allí. (A Petra começou a deixar cair lágrimas.) *Además de sentir haber cumplido nuestra misión en Angola, además de habernos sentido privilegiados por poder ayudar a nuestros hermanos angoleños en la lucha por el poder popular, volvemos alegres a nuestra patria sabiendo que Angola tiene jóvenes, en su mayoría, tan empeñados en la causa revolucionaria, porque la causa revolucionaria, sobretodo, es el progreso. Angola está dando los primeros pasos en otra dirección, pero puede ser una buena dirección, todo depende de los hombres, de sus corazones, de la firmeza con que luchen por sus ideales, de la simplicidad que pongan en sus acciones, del respeto que sientan por los compañeros... Angola ya es una gran nación y va a crecer más. Acuerdense del Che Guevara: incluso siendo un hombre de renombre internacional, continuó cumpliendo su trabajo voluntario en la fábrica.* (Fez uma pausa.) *La simplicidad es un valor a retener! El hombre del mañana, el hombre del progreso no tiembla ante las investidas del imperialismo, no cede ante la voluntad de aquellos que se creen dueños del mundo, no se ensucia en el lodo de la corrupción, en fin, el hombre del progreso no cae!*

(Até a mãe da Ró estava impressionada. O Cláudio bocejou.)

Bueno, para terminar, quiero desearles felicidad y decirles de corazón, tanto mi corazón como el de la profesora María, que ustedes fueron una clase maravillosa..., que realmente los niños son las flores de la Humanidad! Nunca olviden eso...

Ê, hum!, tipo que o camarada professor Ángel também tinha lágrima a escorregar no canto do olho. Nós batemos palmas; a camarada professora e a Petra estavam mesmo a chorar, a Ró não sei, não conseguia ver a cara dela, eu tinha ficado uns coche emocionado também, mas não podia bandeirar, o Cláudio estava atento. A mãe da Ró disse que era melhor regarmos aquelas palavras com um brinde e trouxe uma garrafa de champanhe.

Aí, aconteceu-me aquilo que às vezes me acontece, comecei a ver tudo tipo em câmara lenta, como se fosse um filme a preto e branco: os copos a baterem, os sorrisos nas bocas de todos, a Petra com os olhos encarnados e, finalmente, o brinde! Na minha cabeça chegou uma mistura de frases: um brinde à partida de tantos cubanos, um brinde ao fim do contato com os camaradas cubanos, um brinde ao fim dessa colaboração de amizade daquele povo com o nosso, um brinde também ao fim do ano letivo, um brinde, já agora, à partida do Bruno, um brinde ao facto de não sabermos quem fica na turma para o ano que vem, um brinde porque não sabemos se alguém vai escrever para estes professores cubanos, um brinde porque eles quando chegarem lá em Cuba, por causa do tempo cumprido em Angola, se calhar vão ter melhores condições de vida, quem sabe mais carne por semana, quem sabe um carro, quem sabe algum dinheiro a mais, quem sabe... Já agora um brinde às palavras sinceras do camarada professor Ángel, um brinde às lágrimas da camarada professora María, um brinde ao orgulho que ela sentiu ao ver o marido falar, um brinde aos rapazes desta sala que estavam também com vontade de chorar, um brinde a Cuba, por favor, um brinde a Cuba, um brinde aos soldados cubanos tombados em solo angolano, um brinde à vontade, à entrega, à simplicidade dessas pessoas, um brinde ao camarada Che Guevara, homem importante e operário desimportante, um brinde aos camaradas médicos cubanos, um brinde a nós também, as crianças, as "flores da humanidade", como nos disse o camarada professor Ángel, um brinde ao futuro de Angola neste novo rumo, um brinde ao Homem do amanhã, e claro, como é que íamos esquecer isso, Cláudio?, um brinde ao Progresso!

A mãe da Ró perguntou à camarada professora María se queria dizer umas palavrinhas, e ainda bem que ela não aceitou, todo mundo tinha medo que as palavrinhas dela se transformassem nas palavronas do marido, que ela falava sempre muito mais rápido e mais quantidade de palavras que ele. Mas ela recusou, pediu só para lhe passarem um guardanapo, *no, dos pañuelos, por favor*, que o ranho já começava a cair das narinas bem gordas que ela tinha.

Não ficámos até muito tarde lá na casa da Ró, no dia seguinte começavam as frequências finais, alguns ainda queriam ir rever a matéria, outros queriam ir ver a matéria pela primeira vez, outros queriam só ir para casa com os taparuéres que a mãe da Ró de certeza ia fornecer. Alguém ainda perguntou: *dona Angélica, aqui é preciso cartão de abastecimento pra receber bolo?*, e a malta riu, mas isso só me fez pensar que se calhar, com estas mudanças todas, também os cartões de abastecimento iam desaparecer.

Lá em cima na janela o professor Ángel tinha a mão dele no ombro da professora María e dava-lhe beijinhos na bochecha para ela não chorar tanto.

Não ia poder matabichar leite com café, como todos dias de manhã, porque como ficava nervoso no primeiro dia de frequências, o leite com café provocava cólicas. Nesses dias bebia chá. E eu gostava de ter que ir ao jardim buscar chá de caxinde assim mesmo arrancado na hora, embora algumas pessoas gostem mais de secar primeiro. A folha é um bocado áspera, de lado tem piquinhos muito pequenos, é preciso algum cuidado, mas também, só se se raspar com muita força é que uma pessoa se corta. Antes de chegar perto sente-se logo o cheiro do tufo de chá de caxinde, então se o jardim já tiver sido regado, é uma maravilha.

Ouvi o barulho do chá a ferver, mas deixei estar, tinha que ficar assim um bocadinho.

— *Pai, hoje podes me levar à escola? É para eu não chegar atrasado.*

— *Posso, filho.*

— *Yá, fixe.*

Aquilo era só mimo, eu não estava atrasado, mas toda gente gostava de chegar de boleia no dia das provas, não sei bem porquê. Se calhar precisávamos de sentir alguma coisa diferente naquele dia, e então íamos de carro.

Mas, no fim do matabicho:

— *Bom dia, menino...*

— *Oh...? Bom dia, camarada António, tás aqui? Tão cedo... Nem te ouvi entrar.*

— *Tenho chave, menino.*

— *E vieste tão cedo porquê?*

— *Hoje num tem prova, menino?* — ele, rindo.

— *Yá, começam hoje as frequências.*

— *Então, vim desejar boa sorte no menino!* — e ia começar a pegar nas chávenas usadas.

— *Obrigado, António... E deixa isso aí que eu já levo as coisas para a cozinha.*

Mas ele, teimoso, teimoso. E como tinha pouca coisa sobre a mesa, levava pouca coisa de cada vez, para aumentar as viagens de ida e vinda. Abriu as janelas da cozinha, deu corrida ao gato que estava a dormir junto à porta, foi abrir o gás, a despensa, e começou a varrer o quintal.

— *Hoje o almoço é quê, menino?*

— *Não sei, António, a mãe tá lá em cima ainda.*

— *Vou tirar peixe!* — e avançou para a despensa.

— *António, num tira ainda, é melhor saber se vem alguém cá almoçar...*

— *Quem, a avó?*

— *Não sei, António, não sei.*

Enquanto o meu pai tinha ido lá acima buscar coisas,

sentei ali no quintal. Dali não via o abacateiro, mas podia ouvir as folhas dele, sentir o cheiro forte, ouvir um abacate cair. *Meu!*, gritei, mesmo sem nenhuma minha irmã ali ao lado para a disputa do abacate. Fui guardar na prateleira da despensa:

— *Camarada António, faz só um favor...*
— *Diz, menino.*
— *Quando as minhas irmãs acordarem...*
— *Sim.*
— *Diz só que esse abacate aqui já tem dono, yá?*
— *Vou dizer, menino.*

Pelo sim pelo não, fui buscar uma faca, marquei lá a minha inicial, mas aquilo era só um "protocolo", como se dizia, se calhar na hora do almoço já ia haver mais dois ou três abacates, ou até nem ia mais me apetecer o tal de abacate, mas aquilo já era hábito de infância, caía uma manga dizia-se *minha*, tocava a campainha dizia-se *num vou, pedi*, íamos para o carro dizia-se *vou à frente, pedi!*, só havia uma manga dizia-se *caroço meu!*, encontrava-se uma moeda agarrava-se dizendo *achado não é roubado!*, alguém se levantava deixando a cadeira vazia dizia-se *quem foi ao mar perdeu o lugar!*, ouvia-se um mais velho dizer *quem quer...?* e dizia-se imediatamente *eu!*, um figo caía dizia-se *louaia minha!*, tudo isto em estados de alerta quase militares, tudo muito automático.

— *Hoje é prova de quê, menino?*
— *De Língua Portuguesa.*
— *Hum...*
— *Camarada António...*
— *Diz, menino.*
— *Já ouviste dizer que os cubanos vão embora?*

— *Parece já ouvi, menino.*
— *Tudo vai começar a mudar, camarada António... Não achas?*
— *Parece é a paz que vai chegar, menino... Ontem tavam a falar lá no bairro.*
— *Tavam a falar de quê? Da paz?*
— *Hum... Parece vamos ter paz...*
— *Ó António, e tu acreditas nisso? Há quantos anos é que ouves essa conversa?*
— *Pode ser, menino, pode ser...*
Ele saiu da despensa com um peixe enorme.
— *Sabes quem pescou esse peixe?* — peguei na mochila, pus nas costas.
— *Foi o pai* — ele disse.
— *Nada. Fui eu!* — tentei.
— *Hum...? Menino já vai na pesca ao fundo?* — e começou a rir.
Eu já não disse nada, ia dizer mais o quê? Olhei o peixe, calculei o peso: nem com uma boa estória inventada com a cabeça assim fresquinha de manhã eu ia conseguir aldrabar o camarada António.
— *Té manhã, camarada António.*
— *Té depois, menino... Té depois...*

Cheguei à escola de carro; o Cláudio também; até o Bruno a mãe dele veio lhe trazer nesse dia. Era preciso trazer um documento no dia da prova, mas uns tinham o BI caducado, outros tinham esquecido, outros trouxeram cédula de nascimento. Assim havia sempre makas à entrada da sala, e as provas começavam atrasadas meia hora.

Mesmo durante as provas sentávamos dois a dois, não havia maneira. O controlo dos professores era maior, mas lá para o meio da prova já dava para vermos umas coisinhas na folha do outro, e no fim até dava para fazer perguntas, desde que fosse muito baixinho. Isto funcionava mais ou menos assim:

se o professor é muito atento, o aluno finge que está a pensar, põe a mão na testa; assim pode mexer os olhos, mas tem que ter cuidado para não desviar a cabeça, senão o professor percebe logo;

se o professor é banqueiro, deixa-se cair a borracha no chão ao mesmo tempo que o colega do lado; aí pergunta-se: *camarada professor, posso apanhar a borracha?*, quando ele diz *sim*, os dois alunos trocam as borrachas e aproveitam para trocar, no máximo, três palavras (na borracha podem ir números ou frases curtas);

se o professor lê alguma coisa durante a prova, os alunos "normais" conversam entre eles, trocam ideias, mostram-se as provas; os alunos "corajosos" tiram cábulas do bolso ou leem cábulas escritas em braços, mãos ou pernas, para não falar nas barrigas e chuchas; os alunos "atrevidos" abrem a mochila e tiram apontamentos, ou falam com colegas mais distantes, chegando até a trocar provas durante alguns minutos.

O nosso grupo normalmente tirava boas notas porque todo mundo estudava para as provas semestrais, de modo que as conversas eram mais no caso das dúvidas. Quem ficasse no meio tinha que ser barra nessa disciplina pra estar num sítio que todo mundo pudesse falar com ele. Os camaradas professores cubanos até nisso eram simpáticos porque quando apanhavam alguém a cabular só davam um aviso, não tiravam o ponto à pessoa.

Coitado do Murtala, um dia tava com uma cábula mesmo em cima da carteira quando entrou a camarada coordenadora de Física, e olhou para ele, mas acho que ela nem tinha visto nada. Ele ficou tão atrapalhado que ela perguntou: *o que foi? Estás-te a sentir bem?*, e quando foi ter com ele, o Murtala só teve tempo de engolir a cábula sem mastigar quase, e eram duas páginas, acho. Claro que depois ele saiu e foi vomitar.

— *Porra, esse muadiê toda hora só a vomitar!!!* — o Cláudio é que disse, nós só rimos

Que tinha corrido bem, muito bem, a prova, foi o que eu disse à minha mãe quando cheguei a casa, bem djobado, àquela hora do meio-dia e meia. Cheguei ensopado e contente, tinha caído uma daquelas chuvas de meia hora que parece que não vai acontecer mas depois acontece, e que a cidade quase se afoga porque as fossas, algumas, estão entupidas e então as ruas ficam tipo rios, e os musseques quase se desfazem. Mas eu tinha vindo mesmo devagar, há tanto tempo que não tomava um bom banho de chuva!

Encontrei, na minha casa, uma minha avó, uma prima, os da minha casa e o Papí, e ele sim, era uma surpresa. O Papí só costumava aparecer mais à noitinha, quando podia tocar à campainha e ficar a conversar com a minha irmã lá no portão, embora todo mundo soubesse (e ele mesmo sabia!) que ele não tinha chances ali.

— *Papí...* — cumprimentei. — *Hoje vieste cedo.*
— *Epá, mas a tua mãe me ralhou bué...!*

— *E ralhou porquê?*

— *Então...* — tinha uma toalha na mão, limpava a cara, o cabelo. — *Tava tanta chuva que me apeteceu vir escorregar na tua varanda...*

Aquilo então era verdade. O Papí tinha dessas coisas: uma vez que também tava a chover, ele tinha pegado numa mangueira, tinha molhado a varanda e ia começar a escorregar quando a minha mãe lhe apanhou. Se calhar veio agora escorregar para fazer a desforra.

— *Mas a tua mãe é simpática...* — ele ria. Estremecia.

— *Porquê?*

— *Me ralhou só uns cochito e ainda me convidou pra almoçar.*

Eu achei estranho porque o Papí era uma pessoa que comia de um modo, acho que posso dizer essa palavra, de um modo categórico. Ou, como diz o meu pai, *não brinca em serviço*, e se havia serviço que o Papí gostava de fazer, esse serviço era comer. Com a minha avó e prima lá em casa, a minha mãe ia mais lhe convidar pra almoçar?

— *Sim, filho, mas eu já tinha pedido ao camarada António para fazer mais comida.*

— *Tu é que sabes, mãe, mas depois num diz só que eu num t'avisei!*

Para explicar o desenho do Papí tem que se imaginar uma bola enorme, assim como se houvesse uma bola de futebol do tamanho de uma pessoa. Para imaginar o que ele era capaz de beber, tenho que vos dizer que houve uma festa de contribuição de oitenta pessoas na rua dos "Lazers" e à uma e meia da manhã já não havia gasosa. Mas para saber bem quem era o Papí, tenho que dizer que toda gente gos-

tava dele, que ele gostava de toda gente e que, assim, ele era um gajo muito porreiro.
— *Ó Papí, estás à vontade, podes te servir...* — disse a minha mãe.

Vou jurar aqui pela alma do meu avô que tá debaixo da terra, pra não dizerem que aumentei já o acontecimento: o Papí serviu-se sete vezes consecutivas sem direito a intervalo, mamou vinte e quatro bifes panados, pôs trinta e uma colheradas de arroz branco no prato (as minhas irmãs contaram), bebeu duas latas de coca-cola e, quando a minha mãe lhe disse que não havia mais, ainda conseguiu abater um litro e meio de água. A avó Chica não conseguiu evitar de dizer:
— *Ó filho, depois vais ao médico ver se não tens bichas...!*

Caímos todos numa grande gargalhada, já todo mundo estava a conter o riso há muito tempo, de modo que foi bom. E o Papí:
— *Não, "avó", isto é mesmo assim!* — fez festinhas na barriga. — *São as malambas da vida...*

À tarde fomos à casa dos camaradas professores cubanos, lá onde eles moravam, naqueles prédios bem malaicos. A Petra sabia bem qual era o prédio, apesar de serem todos iguais, porque o deles tinha uma pintura do camarada José Martí na entrada.

A mãe da Ró tinha conseguido arranjar três compotas enormes de morango, vimos logo que eles iam adorar.
— *Entren, entren... Siéntense que voy a llamar a Ángel* — disse a professora María.

Sentámos ali nos cadeirões com bué de buracos, começámos a olhar: tinham uma TV a preto e branco, a mesa só tinha três pernas e tinha ao lado uma cadeira igual à que havia na escola.

— *Voy a hacer un té para nosotros...* — a professora María, de novo.

Estávamos um bocado envergonhados, mas não sei porquê, eles eram nossos amigos já, talvez fosse mesmo por estarmos na casa deles. O Bruno fez assim com a mão no nariz, tipo que estava a cheirar mal, mas a Petra mandou-lhe logo uma olhada que ele até se endireitou. Eu não disse nada mas também achei que estava a cheirar a mofo.

— *Buenas tardes, compañeros* — começou a apertar as mãos e nas meninas deu beijinhos na mão, tipo D. Juan, elas ficaram envergonhadas. — *Disculpen el atraso, estaba embalando las cosas para el viaje.*

— *Boa tarde, camarada professor!* — respondemos.

A professora María veio da cozinha com o sorriso dela enorme, trazendo então a água do chá. Como éramos muitos, uns bebiam em chávenas, outros em copos e faltavam ainda duas pessoas que iam beber nos pires, mas o Bruno disse que não lhe apetecia, *muito obrigado.*

Mas eu pergunto-me: aquilo era chá? Quer dizer, um pacote de chá dividido por duas chávenas, quatros copos e um pires, ainda é chá? Logo eu que fui o último, tive que imaginar que aquilo era sumo de açúcar, e depois ainda tive que pensar que não era preciso imaginar esse sumo porque aquilo era mesmo sumo de açúcar.

— *Cómo están los exámenes?* — a professora.
— *Muito bem, muito bem mesmo...* — disse a Petra a sorrir.
— *Entonces, van a aprobar todos?*

— *Sim, quase todos* — a Petra de novo.

— *Claro, el "Mortala"* — eles diziam sempre assim — *tiene muchas dificultades, no tiene base suficiente para pasar de curso...*

Não sei se era verdade, mas o Cláudio contava que o Murtala, quando voltámos a dar frações este ano, lhe disse que a única fração que ele conhecia era a fração de segundos, mas que mesmo essa ele não sabia escrever. Depois numa redação escreveu que adolescência era quando as meninas "apanhavam a monstruação", mas o pior mesmo foi quando na aula de Física ele disse que concordava com a ideia do camarada presidente Samora Machel de ir com uma nave até ao Sol. Quando lhe disseram que era impossível, que o Sol ia queimar as pessoas e a nave, ele deu exatamente a mesma resposta que o camarada presidente Samora (versão que me contaram):

— *Seus burros!, temos que ir de noite!*

A meio do chá, a Petra, meio com lágrimas nos olhos, falou aos camaradas professores, e disse que *nós agradecíamos tudo o que os camaradas professores pessoalmente tinham feito por nós, mas também o que todos os camaradas cubanos tinham feito por Angola, desde os operários, os soldados, os médicos e os professores, que Angola estava agradecida e que íamos sempre ser irmãos, os angolanos e os cubanos,* etc., etc., etc. O Cláudio disse-me logo no ouvido que era a mãe da Petra que tinha escrito aquilo, mas eu não sei, a Petra tinha boas redações também. Depois fiquei espantado, não sei se foi da emoção ou quê, o Cláudio resolveu oferecer o relógio dele ao camarada professor Ángel. Tinha posto num embrulho e tudo, e a Petra disse-

-me logo no ouvido que era a mãe dele que tinha feito o embrulho, e eu também achei.

Quando a professora María começou a chorar mesmo sem parar, nós ficámos um bocado à rasca também, e o Bruno já não conseguiu despedir-se deles, desmarcou logo. A Romina começou a chorar também e metia impressão ver a maneira como a camarada professora María nos abraçava com tanta força. Antes de sairmos, eu ainda não tinha conseguido dizer nada, mas quando o camarada professor Ángel me apertou a mão e disse *la lucha continúa!*, aquilo saiu-me da boca:

— *Camarada professor... Eu sei que tudo que o camarada professor disse da revolução é verdade, e que... o mais importante é sermos verdadeiros...* — e não consegui dizer mais nada.

Ele me abraçou e limpou as lágrimas. Depois abraçou a Romina. Depois abraçou o Cláudio. Depois abraçou a Petra. Depois abraçou a Kalí. Depois abraçou a Catarina.

— *Díle a Bruno...* — a professora María com as lágrimas dela grossas — *que aunque es un indisciplinado, es un buen chico...*

Saímos, e eles lá da janela fizeram adeus. O Bruno fez adeus cá de baixo; a Romina bem que limpava as bochechas.

— *Muito bem, Cláudio...* — a Petra. — *Fiquei muito admirada com o teu gesto... Parabéns!*

— *Hum! Admirada vais ficar com o relógio novo que o meu pai vai me dar na sexta-feira!*

O Bruno ia calado, pensei mesmo que ele estivesse triste. Nas aulas da camarada professora María ele era o mais confusionista mas, apesar disso, sempre achei que eles gostavam um do outro.

— *Bruno, estás triste?* — a Romina parece gostava daquela pergunta.
— *Não... Porquê?*
— *Nem te despediste da professora* — eu aproximei-me.
— *Ah, vocês não perceberam?!* — ele já a rir.
— *Perceber o quê?*
— *Então como é que eu ia lhe dar dois beijos se ela tava com bué de ranho a cair do nariz?!*

O céu continuava escuro, cinzento, como se a noite quisesse chegar antes do tempo dela.
Outra vez nos despedimos.
Outra vez aquela imagem de cada um ir para o seu lado.
Lá em cima na janela o professor Ángel tinha a mão dele no ombro da professora María, e dava-lhe beijinhos na bochecha para ela não chorar tanto.
Um pingo de chuva, sozinho, caiu-me na cabeça, nessa que foi a última vez que vimos aqueles camaradas professores cubanos.

[...] a água é que faz crescer novas coisas na terra.

Mesmo do meu quarto, pela quantidade de luz que estava na janela, vi logo que ia ser uma manhã cinzenta. Logo hoje que era a prova de EVP e a nossa sala é tão escura porque as lâmpadas estão todas fundidas. Só espero que, se chover, não comece a pingar em cima do caderno de desenho.

Matabichámos devagarinho, nesse dia a frequência começava mais tarde, porque era só uma e porque era a última. O abacateiro não se mexia quase, eu só tinha receio que o meu pai perguntasse: *e então? Hoje ele não se espreguiça?* O quê que eu podia dizer? Talvez que ele ainda estivesse a dormir, ou então que estava com frio, ou até que o céu cinzento tinha dito alguma coisa ao abacateiro que nós não sabíamos ouvir, então ele estava triste.

— *Poça...* — o meu pai olhou o relógio. — *O camarada António hoje tá bem fisgado...* — isso, em linguagem de pescador, quer dizer que ele tinha ficado a dormir.

— Hum..., duvido, pai. Ele deve estar só sentado aí na zona verde...

A prova correu-me muito bem, a sala estava um bocado escura, e apesar do céu estar muito carregado, a chuva não iniciou. A prova de EVP calhava muito bem no último dia porque assim aproveitávamos todo o material, compassos, guaches, tinta-da-china, marcadores, canetas de feltro, até plasticina, para fazermos as últimas inscrições do ano nas carteiras, na parede e na porta da sala.

Aproveitámos o embalo da prova, onde tinha sido pedido para fazermos um desenho livre, apesar de ser obrigatório usarmos certas técnicas. É impressionante, eu costumava observar isso nas provas de EVP desde a quarta classe, toda a gente desenhava coisas relacionadas com a guerra: três pessoas tinham desenhado akás, duas tinham desenhado tanques de guerra soviéticos, outros fizeram makarov's, e as meninas é que faziam mais coisas do tipo mulheres no rio a lavar roupa, o mercado Roque Santeiro visto de cima, a marginal à noite ou o morro da fortaleza.

Desenhar armas era normal, toda gente tinha pistolas em casa, ou mesmo akás, senão, sempre havia um tio que tinha, ou que era militar e mostrava o funcionamento da arma. O Cláudio até disse um dia que já sabia montar e desmontar uma makarov, que o tio dele tinha lhe ensinado, mas todo mundo achou que era balda. O desenho do Filomeno estava bonito mesmo, ele até tinha desenhado no cano da aká o brilhozinho que fica depois de se limpar, e ao lado desenhou um carregador daqueles que parecia carregador duplo, que os FAPLAS colavam assim um ao contrário do outro e na hora de mudar de carregador era só virar.

Isso da guerra, das armas, também porque todo mundo já tinha visto e alguns até já tinham disparado pistolas, originava grandes conversas na hora do intervalo sobre esses temas quentes. Havia até pessoas que sabiam mujimbos do Kuando Kubango, das estórias que contavam que os sul-africanos eram duros, mas que tinham cagunfa dos cubanos, ché, quando eles sabiam que os cubanos iam vir abriam logo daquela zona, tipo tinham visto fantasma. Toda gente, mais velhos ou não, dizia que os cubanos eram muito bons soldados, corajosos, bem organizados, disciplinados, bons companheiros, só não conseguiam dizer Kifangondo, diziam sempre *Kifandongo ete!*

Guerra também aparecia sempre nas redações, experimenta só mandar um aluno fazer uma redação livre para ver se ele num vai falar da guerra, até vai já aumentar, vai contar estória do tio dele, ou então vai dizer que o primo dele é comando, ché, gajo grosso, bate male, num vale a pena se meter com ele. Guerra vinha nos desenhos (as akás, os canhões monacaxito), vinha nas conversas (*tou ta dizer, é verdade...*), vinha nas pinturas na parede (os desenhos no hospital militar), vinha nas estigas (*teu tio foi na UNITA combater, depois voltou, tava a reclamar lá tinha bué de piolho...*), vinha nos anúncios da TV (*ó Reagan, tira a mão de Angola...!*), e até vinha nos sonhos (*dispara Murtala, dispara porra!*). Guerra até chegava na boca dos malucos, aquele maluco que se chamava Sonangol porque sempre se besuntava com óleo, já só dava para ver a boca vermelha e os olhos brancos, ele sempre dizia assim: *guerra é uma doença... Agora quero ver onde é que vucê vai buscá comprimido dela... Tou avisá, se vucê pega guerra, vucê todos dia morre o bocado, pode de-*

morá, mas vucê começa cair... Guerra é que faz um país ficá com comichão... Vucê coça, coça e depois começa sair sangue, sangue... Guerra é quando vucê para de coçá mas inda tá sair sangue..., e ria, ria assim com aquele óleo a escorrer do corpo dele, a Petra disse se calhar aquele óleo tava a escorrer era da alma dele, não sei.

Saí da sala, olhei o céu, achei que aquele sim, era um sítio tão enorme. Não estava verzul o céu, estava assim escurinho, cor do cimento quando já é um bocado antigo.

— *Não queres ir escrever o teu nome?* — a Romina tinha se aproximado.

—*Ahn?* — eu estava distraído.

— *Se não vais escrever o teu nome lá na porta?*

— *Yá, já vou...*

— *Já tás a pensar nas despedidas, né?*

— *Não, até não.*

— *Hum...* — ela olhou para mim.

— *Mas que é a última vez que vamos escrever nessa porta, lá isso é...*

Fomos ter com os outros, uns pintavam símbolos na parede da sala, outros tentavam desenhar as suas próprias caras. O Filomeno desenhava cuidadosamente o carro do Caixão Vazio, a camarada diretora à entrada da escola e os alunos todos a gritar assim: *muito bem-vindo, camarada inspetor-surpresa!*

Dali fomos para a parte de trás das salas, ali onde cheirava bué a chichi. Tirámos os cadernos e os livros das mochilas, eu tinha trazido todos os meus cadernos de apontamentos menos o de Língua Portuguesa que tinha lá redações que eu gostava. O Cláudio tirou os livros, o Helder, o Bruno também, pusemos tudo junto e acendemos o fogo.

A Petra estava cheia de medo, se nos apanhassem podia haver maka, mas nós fizemos questão de acender a fogueira no pátio da escola mesmo. O Bruno ainda gozou: *os meninos à volta da fogueira...*

A fogueira aumentou, as labaredas ficaram atrevidas, nós afastámos todos um bocado. *Epá*, o Murtala falou, *deixa a fogueira respirar!* E ela respirava, sim, livre, amarela, enormíssima. Aquele quentinho soube mesmo bem, estava um ventinho desagradável. Do outro lado da chama parecia que as imagens iam derreter: vi a cara do Bruno, os cabelos dele despenteados; vi a cara da Romina, os cabelos dela encaracolados; vi a cara do Murtala, os olhos dele escancarados.

— *Bem...* — olhei para todos. — *Eu vou dar.*

— *Já vais?* — o Cláudio.

— *Yá, vou bazar.*

— *Eu também vou dar o lets* — o Bruno disse.

Antes que tivéssemos tempo de dizer alguma coisa, o Bruno pegou na mochila e pôs nas costas. Começou a afastar-se com o andar dele rápido, irrequieto. Quando eu e a Ró fomos olhar bem para ele, ele já tava lá longe, junto ao portão. *Brunoooooo...*, chamei. Esperei a ver se ele olhava. *Ele não vai olhar*, a Ró disse-me, baixinho. *Ele vai olhar!*, pensei, baixinho.

Lá longe, junto ao portão, o Bruno levantou a mão e fez adeus. Nunca cheguei a perceber se ao mexer assim a cabeça ele olhou para trás ou não. *Brunoooooo...*

— *Até pro ano, Ró...* — eu.

— *Até pro ano...* — ela.

— *Ró...*

— *Diz.*

— *Se pro ano não vieres..., escreve-me a dizer onde estás* — eu.

— *Está bem* — ela olhou para mim, fez que sim com a cabeça, com os olhos, com os caracóis nos cabelos. — *Está bem...*

Fui pelo Largo das Heroínas, passei pela Rádio Nacional e parei ali, no mesmo sítio onde, no dia do Caixão Vazio, eu tinha parado de correr com a Romina. Lembrei-me da camarada professora de Inglês, dos saltos, da velocidade dela, da técnica de saltar muro sem tocar. Passei pela casa da Kalí, continuei a descer.

Ao chegar mesmo à porta de casa, o portão pequeno estava aberto.

Vi, na varanda, a minha mãe conversar com uma senhora de lenço preto na cabeça. Demorei bué de tempo só desde o portão até à escada: abri a caixa de correio que nunca tinha nada; endireitei duas botijas de gás que estavam ali encostadas; tirei um caracol do caminho e pus na relva; sacudi bem os pés no tapete antes de pisar o primeiro degrau; tudo isso só para tentar apanhar uns cochitos da conversa. Mas nada!, tavam a falar bué baixo.

Cumprimentei, *bom dia*, e então vi a cara da senhora: era a mulher do camarada António. A minha mãe fez-me sinal para eu entrar, de modo que só tive tempo de ver que a senhora trazia um lenço branco na mão esquerda, e que os olhos da minha mãe estavam bem encarnados.

O corredor que dava para a cozinha estava cheio de silêncio: não ouvi o barulho da panela de pressão, não ouvi o camarada locutor a falar no rádio do camarada António, não ouvi o barulho de copos ou talheres, a mesa não estava posta, não ouvi passos e, quando cheguei à cozinha, não vi ninguém. Ninguém.

Percebi logo que o camarada António não tinha vindo, porque quando ele falta sempre vem alguém da casa dele avisar, mas nunca é a mulher dele. Vem sempre um filho ou filha, e apesar de às vezes virem com um chapéu ou um lenço na cabeça, esse lenço nunca é preto. E quando alguém vem avisar que o camarada António não pode vir, apesar de ter que desenrascar qualquer coisa rápida para comermos, a minha mãe não fica com os olhos assim encarnados.

Abri a porta da cozinha, sentei-me no degrau.

Dali eu não via o abacateiro, mas podia ouvir o barulho das folhas a serem abanadas pelo vento. O céu estava muito escuro e se aquele vento viesse do Norte, então íamos ter tempestade. O meu avô sempre dizia: *o pior vento é o vento norte!*

— *Vamos para a mesa...* — as minhas irmãs tinham chegado.

As raparigas são mesmo muito rápidas. Já tinham posto a mesa, e a minha irmã mais velha já tinha feito até uma salada de atum rápida, com ervilhas de lata e feijão macunde do dia anterior.

— *O camarada António morreu hoje de manhã...* — mas depois a minha mãe não conseguiu falar mais.

Na mesa estava muito silêncio, mas lá fora havia gritaria, até houve tiros de comemoração. Quando ligámos o rádio é que percebi: afinal estavam a dizer que a guerra tinha acabado, que o camarada presidente ia se encontrar com o Savimbi, que já não íamos ter o monopartidarismo e até estavam a falar de eleições. Eu ainda quis perguntar *mas como é que vão fazer eleições, se em Angola só há um partido e um presidente...*, mas mandaram-me calar para ouvir o resto das notícias. Depois mandaram-me ir à cozinha buscar o azeite, o vinagre e o jindungo. Eu fiz força pra não chorar, fingi que o camarada António estava ali junto ao fogão:

— *Camarada António, passa-me só o jindungo, faz favor...* — e como ele não disse nada, provoquei-lhe: *vês, António, aqui em Angola, agora até já vamos ter eleições!, no tempo do tuga havia eleições?* — mas ele não disse nada mesmo.

Depois do almoço fui me deitar naquela cadeira verde, comprida, lá no quintal. Estava a ventar um bocado, o que era bom porque assim eu podia adormecer rápido, com o barulho das folhas do abacateiro a chocalharem.

Nos dias em que o céu não estava tão escuro, eu gostava de imitar as lesmas do meu jardim, e deitar-me ali mesmo ao sol. Lá na cozinha, o camarada António fazia barulho com os pratos e com os copos, ele sempre demorava muito tempo a lavar a loiça. Esse barulho é que costumava me adormecer. *Menino, acorda então... Faz mal ficar com a cabeça ao sol... Depois a mãe vai ralhar no menino...*, ele gostava de dizer. *Mas já passou quanto tempo, António?... Ainda nem adormeci um bocadinho...*, eu queria refilar. *Ê, menino!, passou mais de vinte minuto...*

Acordei com os pingos da chuva a me bombardearem as pernas e as bochechas. De repente, começou a cair uma carga d'água daquelas valentes. Fui pra baixo do telheiro e fiquei a ver a água cair. Lembrei-me imediatamente do Murtala: na casa dele, quando chove, só podem dormir sete de cada vez, os outros cinco esperam todos encostados na parede onde há um tetozinho que lhes protege. Depois é vez dos outros dormirem, assim mesmo, juro, sete de cada vez. Sempre que chove de noite, o Murtala, no dia seguinte, dorme nos três primeiros tempos.

Ao ver aquela tanta água, lembrei-me das redações que fazíamos sobre a chuva, o solo, a importância da água. Uma camarada professora que tinha a mania que era poeta dizia que a água é que traz todo aquele cheiro que a terra cheira depois de chover, a água é que faz crescer novas coisas na terra, embora também alimente as raízes dela, a água faz "eclodir um novo ciclo", enfim, ela queria dizer que a água faz o chão dar folhas novas.

Então pensei: "Epá... E se chovesse aqui em Angola toda...?". Depois sorri. Sorri só.

Glossário

Aká: AK 47 (metralhadora).

Baldar: mentir.
Bandeirar: meter o pé na argola.
Banqueiro: pessoa facilmente manipulável.
Bate male: bate muito.
Bico: pontapé.
Bofa: bofetada.

Caçumbular: tirar sub-repticiamente.
Camba: amigo; companheiro.
Cambuta: pessoa baixa.
Campar: morrer; dormir.
Candengue: miúdo; mais novo.
Candongueiro: condutor; também viatura.
Chinar: ferir com canivete.
Chipala: rosto; cabeça.
Chucha: seio.
Coco: pancada na cabeça.
Cotó: cotovelada.
Cuiar: estar delicioso.

Dar xaxo: dizer galanteios.
Djobado: faminto.

Escapar já...: estar prestes a fazer alguma coisa.
Esticar uma bofa: dar uma bofetada.
Estiga (*estigar*): forma de ridicularizar outrem, usada essencialmente no discurso infantil, podendo mesmo assumir um caráter acintoso.

Filipar: zangar-se com.
Fobado: ver *djobado*.

Kibídi: perseguição.
Kitaba: pasta feita de amendoim torrado.

Louaia: fruta da figueira-da-índia.

Malaico: ridículo.
Mambo: coisa; objeto.
Mandar poster: ter muito estilo.
Me uíçam se...: duvido que.
Mô camba: meu amigo.
Monacaxito: designação corrente de um canhão de quarenta bocas.
Muadiê: pessoa.
Mujimbo: boato.
Muxoxo: expressão sonora; espécie de ruído ou estalido extenso, normalmente executado como sinal de desdém ou desafio.

Nguimbo: nuca muito proeminente.

Piô: pioneiro.
Píqui: pequenino.
Pitar: comer.
Pré-cabunga: educação infantil.

Vuzar: agredir (à bofetada); atingir (a tiro).

1ª EDIÇÃO [2014] 9 reimpressões

ESTA OBRA FOI COMPOSTA PELA SPRESS EM ADOBE CASLON E IMPRESSA
EM OFSETE PELA GEOGRÁFICA SOBRE PAPEL PÓLEN BOLD DA SUZANO S.A.
PARA A EDITORA SCHWARCZ EM MARÇO DE 2025

A marca FSC® é a garantia de que a madeira utilizada na fabricação do papel deste livro provém de florestas que foram gerenciadas de maneira ambientalmente correta, socialmente justa e economicamente viável, além de outras fontes de origem controlada.